Mario Buchner

Nantesbuch

Eine bayerische Erzählung zur Weihnachtszeit

Nantesbuch

Eine bayerische Erzählung
zur Weihnachtszeit

von Mario Buchner

Herstellung und Verlag: BoD - Books on Demand,
Norderstedt
Originalausgabe 1. Auflage 2013
Umschlaggestaltung Books on Demand unter Verwen-
dung eines Fotos von Mario Buchner: Deckenfresko in
St. Laurentius zu Königsdorf

ISBN 978-3-7322-4009-8

Bibliographische Information der Deutschen Nationalbibliothek:
Die Deutsche Nationalbibliothek verzeichnet diese Pu-
blikation in der Deutschen Nationalbibliographie; de-
taillierte bibliographische Daten sind im Internet über
dnb.d-nb.de abrufbar.

Allen vergessenen Kindern

I   Introitus

Wer schwachen Geistes und schweren Gemüts, dem sei unsere Niederschrift jener schicksalhaften Vorkommnisse, wie sie sich einstmals zur Zeit des heiligen Christenfestes im Jahr des Herrn 1842 im tölzischen Nantesbuch zugetragen haben, nicht ans Herz empfohlen. Einer jeden anderen Seele indes wollen wir beschreiben, wie tief der Menschen Abgründe hinabreichen in die Schattenwelt des Bösen.

Die schreiende Feuersbrunst kam zur Zeit des dritten Adventus Domini. Ein Heer erzürnter Engel zerschnitt mit feurigen Klingen das Schwarz der eisigen Nacht. Gewaltige Flammensäulen stiegen tosend gen Himmel empor, Fürchterliches zu verkünden. Schauder ging um in Nantesbuch.

Gott der Allmächtige hatte dem Korbinian Benz im Augenblicke seiner blutigen Geburt auferlegt, Sorgfalt zu tragen, dass der Menschen Sünden vor aller Ohren verlautbart würden, auf dass sie gerichtet werden können, wie es das Gesetz des Herrn verlangt.

Hierüber wird nun im Folgenden durch uns zu berichten sein und wie es sich zutrug, dass dem Korbinian ein Seelenspross anheimgestellt, um den Zorn der Welt von ihm zu lenken.

•

II   Partus et migratio

In der dritten Stunde des 17. Jänner Anno Domini 1817 warf die Elisabeth Maria Doninger, angetrautes Weib des Hufschmieds Anton Josef Doninger zu Salzburg, wie von Gott bestimmet unter Qual und Pein die Antonia Maria, ihr sechstes Balg, hinaus in die Welt. Der Hülfe bedurfte die Elisabeth bei derlei Verrichtung seit dem Johannes Josef, ihrem dritten Göblein, nimmermehr. So zog denn auch die eilends vom Schmied in einem besorgten Augenblicke herbeizitierte Hebamme unter allerlei Gezeter mit bösesten Verdammungen für das neue Erdenkind ohne eine frische Münze in der Schatulle wieder von dannen. Wenn sie einen Gaul zu beschlagen hätte, wollt sie der Schmied gern bedenken, rief er der Furie mit Zorn in der Gasse hinterher. Auch ihr könne er gern ein neues Paar eiserne Schuh verpassen, so sie doch mehr einer alten Schindmähre ähnele denn einem anziehenden Weibsbild. Ein Kübel stinkender Exkremente aus einem der Fenster über ihm war die Replik auf solcherlei nächtliches Gekeife.

So stand die Ankunft der Antonia Maria von Anbeginn unter keinem guten Stern. Der Kindheit Tage benannten sich Elend, Armut, Leid und Not. Drangsal war des Vaters Beschwerlichkeit der Mutter Anrede.

Doch dem Kinde selbst war dies allezeit keine Marter, da es doch die Verschiedenheit der Welt nie schmecken durfte. Dem fügte sich auch zu Gunsten, dass der Besuch des Schulhauses dem Mädchen für allezeit erspart wurde, da sich ein allzu gebildeter Verstand nicht besonders förderlich auf die Erduldung der misslichen Gegebenheiten ausgewirkt hätte. Indes wog eine unersättliche Frömmigkeit jenen Mangel übergebührend aus. Eine hölzerne Kirchenbank stünde einem Kinde zudem allezeit besser zu Gesichte als Griffel und Schreibblatt. Ein Umstand, dessen Folgen Klerus und Adel von jeher rascher zugrunde zu erforschen vermochten als das geringe Volk.

Im fünfzehnten Erdenjahr der Antonia Maria verkündete der Vater, dass es von nun an genug sei mit der elterlichen Obsorge. Fortan habe die Tochter ihr Auskommen selbst zu bewerkstelligen. Zuvor jedoch sei als Geste der Wertschätzung eine Entlohnung von der Antonia an die Eltern zu entrichten als Erkenntlichkeit für alle Unbill, welche Vater und Mutter ob des wertlosen Daseins des Kindes in vergangenen Jahren zu erdulden hatten. Aus väterlicher Liebe habe er daher den angesehenen Herrn Magnus Habereder gebeten, sich der Antonia fürsorglich anzunehmen, um ihr eine auskömmliche Stellung zu akquirieren. Der Großherzigkeit und gottergebenen Nächstenliebe des Herrn Habereder sei es dann auch zu danken, dass die bereits angesprochene Verbindlichkeit der Antonia bei dem Vater durch diesen höchstpersönlich ausgelöst werde. Am Tage drauf erschien besagter Gutmensch, welcher jedoch im Zwiespalt zur Beschreibung des Vaters alles andere darstellte als eine stattliche Erscheinung, geschweige denn herzliche Natur. Umgehend hieß er das Mädchen sich auszukleiden, woraufhin er eine eingehende Inspektion des entblößten Körpers mit seinen fleischigen, übel nach Kloake riechenden Pranken folgen ließ. Unterdessen berichtete die Mutter beflissen dem Habereder von den abgebüßten Kränklichkeiten der Antonia. Dem Mädchen würgte es bei derlei reger Fleischbeschau. Zittrig wendete es sich Hülfe suchend der Mutter und dem Vater hin. Doch die geliebte Mutter hatte die Kammer verlassen. Der Vater indes nahm begehrlich besagte Erkenntlichkeit der Antonia in Gestalt einer gefüllten Börse aus den stinkenden Pratzen des ehrwürdigen Herrn Magnus Habereder entgegen. Das Geschäft galt besiegelt. Sehnte sich die Antonia in diesem Augenblicke noch in ihrer unmündigen Ahnungslosigkeit die herannahende Nacht eilends herbei, um Selbige darauf zu verwenden, Reißaus zu nehmen, wurde selbst jener schwache Hoffnungsschimmer jäh zunichtegemacht, als die Mutter mit einem

Bündel wieder in die Stube trat. Ohne das Mädchen eines Blickes zu würdigen, übergab sie dem Habereder die wenigen Habseligkeiten des Kindes, um sogleich wortlos durch die Tür zu verschwinden. Nur der Vater gab der Antonia noch das strenge Geheiß mit auf den Weg, ihm und der lieben Mutter vor Gott und den Menschen keine Schande zu bereiten, sonst verfluche er die Tochter auf alle Zeiten. Das war das Letzte, was das Kind von seinen Eltern hörte oder sah. An jenem Tage verließ Antonia Doninger mit dem Magnus Habereder und elf weiteren Kindern die Stadt Salzburg. Keines würde je wiederkehren.

•

III Partus et annuntiatio

Einer lauteren Seele hatte der Allmächtige befohlen, im tölzischen Nantesbuch ins Fleisch eines ungeborenen Buben ein-
zufahren. Dem Korbinian Benz sollte es keine leichte Aufer-
legung werden, die ihm sein Schöpfer da in der Düsterheit
seiner befleckten Geburt ins Ohr geflüstert. Gottergeben
zwängte sich der Knabe mit der ihm verliehenen Kraft durch
das schmale Becken der Franziska Benz, nichts ahnend von
der eiskalten Unwirtlichkeit der Welt. Kaum da der Bub der
Mutter Leib geräumt, befehligte der Allmächtige dem
schwarzen Schnitter der Kindbetterin schwaches Lichtlein
auszumachen und deren Gerippe bis zum Tag der vier Reiter
ins Leibholz zu bannen. Ihren Zuschuss zum Weltenspiel hatte das Weib damit getan. Folglich wuchs der Korbinian unter
der Hand des Vaters heran. Der Alois Benz war ein aufrichti-
ger Christenmensch, versehen mit robuster Lebenskraft, fest
im Glauben und Vertrauen auf Gott. Den Dörflern war der
Mann allezeit ein grämlicher Kauz. Ein gewordener Hage-
stolz auf einsamer Schwaige im tiefen Gehölz vor Nantesbuch. So nahm es denn auch nicht wunder, dass der Herrgott
dem Alois die Ausformung des Burschen aufgetragen. Allein

mit dem Moosleitner Leonhard verhielten sich die Belange ungleich bewährter.

So fand sich der Hartl des Öfteren im Gleichgang des Jahreslaufs mitunter zur Nacht nach vollbrachtem Tagwerk bei dem Vater auf der Schwaige ein, um so manch erbauliche Plauderei mit ihm zu haben. Den Korbinian bedachte der Leonhard dann immer mit einer lieben Schenkung. Mal war es ein aus Holz geschnittener Wichtel, dann ein magischer Stein aus der Loisach Tiefen. Dem Korbinian war der Leonhard ein vornehmlicher Begleiter, alldieweil in seiner Gegenwärtigkeit eine Kraft auf den Buben ausging, die jener unter Brüdern im Blute in nichts nachzustehen vermochte. Bei Tagesgrauen des siebten Christabend im irdischen Bestehen des Korbinian Benz rüttelte der Vater an dem Jungen zur Stunde des ersten Morgengeläuts, um ihn gleich drauf nach Nantesbuch wegzuschicken, damit er bei dem Lehmgruber-Bauern nach Gerauchtem anfrage. Noch berauscht vom Schlummer entstieg der Bub ohne Zeter dem Nachtlager in die Montur, wärmte die eisigen Glieder an der Feuerstelle der Stube und futterte sinnenfreudig Brot und Speck. Erkräftigt schulterte er den Felleisen, schwang den Verschlag zum Gaden weit auf und bedachte den Vater mit einer letzten Ergebenheit. Über die holzige Schwelle hinweg betrat er den dämmrigen Winterwald. Ein diesiger Nebelschleier durchwob das stumme Gehölz. Bittere Kälte fuhr ihm ins Gedärm. Da nahm er all seine unmündige Beherztheit zusammen und machte sich dem Geheiß des Vaters folgend auf den Weg zum Weiler. Unbeirrt schritt er durch den kniehohen Schnee voran. Indes führten die verschlungenen Pfade den Buben immer tiefer in den verlassenen Wald. Eines jeden Kindes Denkkraft hätte längst der Kobolde und Dämonen Fratzen den Schattierungen der Düsternis entlockt. Doch den Korbinian focht all das nicht an. Mit unerschütterlichem Gottvertrauen plackte er durchs Unterholz. Morgenschein der Sonne lichtete die Nebel, als der Bub schließlich Nantesbuch anlangte. Still lag der Weiler unter mannshoher eisiger Decke. Zarte Rauchfahnen züngelten aus den Kaminen. Beharrlich durchstapfte der Bub den unschuldigen Schnee die Anhöhe über den Dorfweg hinauf. Vor dem Hof des Lehmgruber-Bauern standen Dörfler bereits in eine Rederei vertieft. Der Korbinian erhielt keinerlei Bedacht, als er sich stumm zu ihnen gesellte. Über verschiedenste Erledigungen war die Rede. Brot, Fleisch, Bier und allerlei Gaben mussten zur rechten Zeit besorgt sein. Auch der Christbaum musste seinen Weg noch in die heimische Stube finden. Dem Buben missfiel das Geschwätz, düngte ihm doch die Menschwerdung des Herrn vor seinen Augen zu einem

Handel verkommen zu sehen. Die Besorgtheit um die Stattlichkeit ihres Wanstes bedrückte der Menschen Gemüt gründlicher als die Kümmernis ob ihres Seelenheils. Da wurde auch dem Buben zur Einsicht, dass der Vater ihn auf Nantesbuch gerade wegen jener feierlichen Gefräßigkeit entsandt. Still machte er kehrt. An derlei gotteslästerlichem Fehltritt wollt der Korbinian seinen Anteil nicht haben. Der Vater würde ihn schon ergründen. Eilends schritt er voran den Dorfweg hinab. Wieder führten ihn die Pfade tief hinein in den Hochwald hinter Nantesbuch. Wie der Bub da so vor sich ging, schlich sich ein Gefühl in seine Brust, dass er nicht allein sei. Unvermittelt blieb er stehen, horchte, lugte, roch ins Gehölz. Doch nichts Bedenkliches tat sich regen. So ging er weiter, als der Schrecken jählings geschah. Ungestüm stellte eine dunkle Gestalt sich in den Weg. Der Korbinian hielt inne.

»Ein Erdenkind so allein auf einsamen Pfaden? Welch leichtsinniger Oheim verbürgt sich deiner Obhut?«

Der Bub stand still. Ruhigen Blickes erforschte er jegliche Rührung des unheimlichen Fremden.

»Nanu, Bürschlein, hat es dir gar die Sprache verschlagen? Graue dich nicht. Ich will dir Gutes. Der Vater schickt mich, um dich mit sicherem Geleit nach Hause zu führen. Komm, er wartet schon.« Er tat dem Knaben einen Schritt entgegen und offerierte ihm die Linke.

Just in diesem Augenblicke trat wie von Gottes Hand bestimmet der Moosleitner Leonhard hinter einem der mächtigen Stämme hervor. Festen Blickes, ohne ein einziges Wort, stellte er sich hinter dem Buben auf. Sänftigend ruhten die starken Hände auf des Knaben Schulter. Auch der Korbinian zeigte ob dieser wundersamen Erscheinung des Leonhard keine Rührung. Da schrak die dunkle Gestalt wie von einem Lichte geblendet zurück und sprach zu dem Hartl: »Du Gabriel? Was liegt deinem verreckten Vater an des Jüngelchen Wohlergehen, dass er dich zur Amme bestellt?«

Ruhigen und starken Herzens erwiderte der Moosleitner mit mächtigem Wort: »Mein Vater ist auch dein Vater! Und meines Vaters Wille ist auch dein Wille.«

Da wurde der andere zum Groll. »Niemals!«, gellte der Dunkle dem Leonhard wutschäumend entgegen. »Nimm dich in Acht, Gabriel! Hüte des Knaben Augapfel wie den deinen.« Itzo so er die Warnung donnerte, tat er einen Schritt hinter die Baumstämme. Alsgleich war es so, als ob jene geisterhafte Erscheinung nimmer auf Erden in Gestalt getreten wäre. Dem Spuk war ein Ende.

Mit Bedrücktheit im Herzen schaute der Korbinian über seine Schulter zu dem Hartl auf. »Wer war das?«

»Derer Namen sind Legion. Fürchte dich nicht, Korbinian, denn ich bin bei dir allezeit.«

»Sag mir, Leonhard, wer ich bin?«

Da nahm der Moosleitner den Korbinian fest zu sich heran. Dem Buben blickte er dabei tief ins Auge. Mit sanfter Stimme sprach er dann: »Du, mein liebes Menschenkind, bist ein Seelenspross unter all den Kreaturen. Bestimmt des Vaters Wort in Nantesbuch zu künden.«

●

IV   Tragoedia

Wir wollen uns nun von Neuem dem Ergehen der Antonia
Doninger hinwenden. Zuletzt war uns das arme Göblein auf
einem nackten Hänger des Habereder bei der Ausfahrt aus
Salzburg begegnet. Es wird uns bedrücken, unterrichtet zu
werden, dass dem Kind in seiner ersten widerwilligen Stellung nur trübe Kümmernisse widerfahren. Der Habereder
machte im Tirolischen mit der Antonia einen einträglichen
Handel. Ein stieläugiges Scheusal stieg an jenem düsteren
Morgen von eisiger Bergweide durch die Nebel das Paznaun-
tal hinab. Dem Stadler Ignaz gefiel die Bluse, die der Habereder ihm da zur Jungmagd offerierte, allemal. Der Speuz lief
dem geilen Bock beim Anblick der zarten Haut und der unbe-
rührten Brüstlein im Stinkmaul zusammen. Derlei Juckreiz
vermochte der Habereder wohl zu deuten. Dem knorrigen
Senner presste er ob dieser Erkenntnis zwei der Gulden mehr
aus den geizigen Rippen. Der Lenden Kraft wog von jeher
schwerer als der Barschaft Nöten. So wurde über die Antonia
zum zweiten Mal im Erdensein ein Handel geschlossen. Derer, so beschloss der himmlische Vater, waren es von nun an
genug. Dem Naaz indes konnte es nicht zügig genug sein, den
gemachten Erwerb auf den Alphof zu treiben. Unter schallen-

dem Weh riss er das Göblein vom Hänger. Als die Antonia gar wagte, Gegenwehr zu geben, stachelte er ihr die Fäuste mit Schmelz ins Gedärm. Voller Jammer brach das Kind in den Firn. Angesichts solcher Rohheit drang selbst dem Habereder Argwohn ins Herz und er drängte den Naaz, von ihr zu lassen. Mit dem Eigen könne er sich benehmen, wie es ihm behage, gab er dem Habereder borstig zu verstehen, band der Antonia die Ärmel fest auf den Buckel und trat ihr in die Knochen. Gebückt schlürfte das Kind mit seinem Pranger von dannen. Dem Habereder sollte es recht sein. Das Geschäft galt besiegelt. So bestieg er eilends den Hänger, denn auf die Nacht wollte Galtür erreicht werden. Hier verlieren wir dann auch den salzburgischen Seelenhändler aus den Augen. Sein Fortkommen wird für unsere weitere Niederschrift ohne Belang sein. Nur so viel sei erzählt, der Habereder sollte im Leben der Antonia nicht der schlechtesten Einer gewesen sein. Da hielt es der Stadler Ignaz anders. Als wolle sich der Himmel mit dem erbarmungslosen Schinder verschwören, brach ein ungestümes Schneebrausen über dem Paznaun herein. Der Bergstieg hinauf zum Stadler'schen gelangte der Antonia zur Qual. Mit einem am Wegesrand entwurzten Stecken trieb der Naaz das Kind durch das eisige Gestöber voran. Im Gefolge des dichten Treibens minderte der Augen Sicht gerade so,

24

dass alles in einem blinden Weiß verschwand. Fortdauernd strauchelte das Kind auf eisglattem Stein. Da der Naaz der Antonia Hände noch immer geseilt auf den Rücken gezwungen, schlug das arme Ding mehrfach mit dem verfrorenen Gesichtchen auf den felsigen Boden. In Ermangelung der Hände Hülfe war ein Hochkommen aus derlei Lage kein einfaches Unterfangen. Unter schmählichsten Beschimpfungen aus dem gottverreckten Maul des Naaz zischte dann der Stecken auf das Kindlein herab. Als das Stadler'sche Gehöft nach Stunden endlich erreicht, stand die Antonia dem Scheiden näher als dem Sein. Selbst die Mutter und der Vater hätten das Kind nimmermehr gekannt.

Der Berghof war ein erbärmlich heruntergekommenes Gemäuer. Ein abgewirtschaftetes Drecksloch. Seit Angedenken hausten die Stadler hier heroben. Wo einstmals Türen und Fenster der Mauern Kluften füllten, taten jetzt verwitterte Latten ihre Verrichtung. Unter ächzendem Knarren entriegelte der Bauer den hölzernen Verschlag. Eine fauliger Dunst aus Jauche, Mist und allerlei Kehricht entnebelte dem Gaden. Ein Huhn gackerte aufgeschreckt in die Höh. Der Bauer wies dem Viech mit einem Tritt seinen gottbestimmten Platz. Mit mürrischem Wink deutete der Naaz der Antonia die Behausung zu betreten. Ergeben fügte sich das Kind. Herinnen war es dunkel. Der hart gefrorene Boden war spärlich mit Stroh bedeckt. Kühe, Sauen und allerlei Federviech irrten umeinander auf der sinnlosen Suche nach essbarem Zeug. Der Gestank war unerträglich. Es würgte dem Kind. Nach rechts war ein Durchbruch im morschen Gemäuer, welcher einstmals eine Tür dargestellt haben musste. Dort hindurch drängte der Naaz die Antonia in den nachstehenden Gaden. Hier gewährten vernagelte Bohlen Schirm vor der Erden Frost. An den Wänden rangen verdreckte Kolter einen verlorenen Kampf, die beißende Kälte zu zähmen. Gestopftes Stroh in den Fensterbrüchen tat es ihnen nach. Firn lag rundherum. In der offenen Feuerstelle im hintersten verdreckten Winkel erstarb ein jämmerliches Feuerlein. Darüber wog vom Windenstoß ein leerer Kessel winselnd hin und her. Im Schummer des Kienspan erkannte das Madl dunkle Gestalten sitzen. Das, so erfasste die Antonia, musste die gute Stube des Stadler'schen Anwesens sein.

»Hock dich«, befahl der Naaz und schob der Antonia einen Schemel zu Füßen. Ob dieses Anblicks lachte einer der Stadler'schen Buben entblödet auf. Eine klatschende Maulschelle brachte den inzüchtigen Idioten sogleich zum Schweigen. Einem zweiten Schwachkopf war dies ein Entzücken. Auch dem gab der Naaz eine schallende Fotzen. Der dritte Depp schwieg. Jetzt war Ruh.

»Schau sie dir an«, sprach der Naaz verächtlich zu der Antonia. »Einer blöder als der andere. Und die da! Die ist so krank im Gemüt, dass sie noch nicht mal mehr ihr gottverdammtes Maul zu bewegen vermag. Wenn sie doch nur endlich verreckte.« Es war sein Weib, über das er so gotteslästerlich urteilte. Die Bäuerin indes zeigte keinerlei Regung. Vollkommen entseelt starrte sie vor sich hin. »Schau dich um und sieh, was für ein Loch mein Hof geworden ist. Aller Hände Arbeit hängt allein an mir. Wie soll ein Mann all das besorgen?« Dann redete er zu der Antonia gewandt: »Aber das ist jetzt vorbei. Denn du wirst ab heut meine Bäuerin sein.«

•

In der fünften Stund am Tage nach der Ankunft der Antonia auf dem Stadler'schen Gehöft erwachte das Madl wie nach einem bösen Albdruck. Der Bauer hatte ihr eigens einen Gaden neben dem seinen zugewiesen. Das Nachtlager bereitete er ihr auf einem stinkig faulen Laubsack. Allerlei mehrgliedriges Getier kroch darin herum, zwickte und biss in das rosige Fleisch des Kindes. Wir mögen uns an dieser Stelle nun ernsthaft fragen, warum die Antonia die Gunst der dunklen Nacht nicht wagte, den Fängen des Naaz zu entkommen. Derlei Fragerei sollten wir, so schwer es uns auch fallen mag, ein für alle Mal ersparen, zeugen sie doch nur davon, welch Arglosigkeit, gar Blödheit wir dem Naaz unterzuschieben gedenken. Gekettet hielt er die Antonia. So einfach ist die Klärung derlei blasierter Rätsel. Wohin hätte das Kind unserer Meinung nach denn auch rennen mögen auf einem fremden Berghof zur Winterzeit? So kam es, dass der Verschlag zu der Kammer erst zur zehnten Stunde aufgesperrt wurde. Eines der Stadler'schen Idiotenkinder trat herein. Von einer seltsam glückseligen Erregtheit ergriffen übergab der Bub der Antonia mit einem fratzenhaften Grinsen im Gesicht den Schlüssel zum Kettenriegel. Als das Mädchen unter Schmerzen die eiserne Fessel löste, jauchzte der Blödling vor Freude auf. Dabei klatschte der Depp idiotisch in die Hände. Da überkam die

28

Antonia eine fürchterliche Wut. Mit all ihrem Zorn drosch sie auf den Trottel ein. Der fiel auf den eisigen Boden und hielt schützend seine Hände vor das Gesicht. Als die Antonia endlich von ihm abließ, leckte sich der Bub das Blut von den Lippen. Tränen liefen über die verdreckten Wangen. Da sah die Antonia, was sie angerichtet hatte. Erbarmnis drang in ihre Seele. Umsorgt hob sie den Buben auf und nahm ihn liebevoll an ihr Herz. Das Göblein indes schmiegte sich an ihren warmen Körper und weinte auf das Bitterlichste. »Verzeih«, sprach die Antonia zärtlich. »Verzeih.«

•

Zahlreich waren die elenden Tage in die Paznaun gegangen. Von der frühen Morgenstund bis zur Abenddämmerung hinein hockten die Stadler'schen stumm vor sich glotzend im frostigen Gaden. Keine Regung formte sich in den dumpfen Köpfen. Keine Worte verließen ihre stinkigen Mäuler. Gar unsinnig wäre der Sonnen Gang gediehen, hätten Mensch und Viech nicht des Futters bedurft. Dann grunzten die Stadler'schen mit den Sauen um die Wette. Satt vom Brei saßen sie hernach der Stunden viele rülpsend, mitunter furzend im Gaden. Der Naaz kaute alldieweil den bitt'ren Tabak. Von Zeit zu Zeit entließ er geräuschvoll einen dicken braunschwarzen Speuz. Ferner war der Bäuerin Gemüt der Antonia ein Gräuel geworden. Hin und wieder verfiel das Weib in eine Art Gelächter, wie von einem bösen Teufel befohlen. Gellend durchdrang das höllische Gejauchze der Knochen Mark. Der Naaz sprang dann auf und drosch der Alten vor der Kinder Augen jegliche Empfindung aus dem dürren Leib. Wagte sich eines der Gören ob dieses Anblicks Umstände zu machen, fing auch dieses gleich mehrere schmerzhafte Schellen. Dann war Ruh im Gaden. Für lange Zeit. Der Antonia indes tat der Naaz nichts zu Leide. Selbst die Kette hatte er ihr zur Nacht erlassen. So verging die Zeit auf dem Stadler'schen Hof, obgleich der Stunden Lauf nimmer zu enden wollen schien.

Eines Nachts, da alles in einem tiefen Schlummer lag, trug es sich zu, dass der Verschlag zum Gaden der Antonia leise aufgetan. Ein Schatten filzte auf geheimen Sohlen in der Dunkelheit zu dem Madl heran. Noch bevor das arme Göblein einen Mucks getan, packte es eine starke Hand. Der faulen Gurgel Tabakdunst verriet den Naaz. Brünstig fingerte er nach dem Jungfräulichsten der Antonia. Die wollt lauthals lärmen, doch der Molch presste ihr sein Stinkmaul auf die angsterfüllten Lippen. Lüstern riss er an dem Kittel. Grapschte nach den festen Brüstlein. Ein böser Schmerz zerriss das Kind, als der Naaz ihr mit Gewalt zwischen die Schenkel fuhr. Verzweifelt nach Halt suchten die Kinderhände auf dem rauen Boden. Da hatte der Herrgott mit der Antonia ein Einsehen und gab ihr einen Mauerbruch zu tasten. Schmiegte gar ein Stück des kalten Steins in ihre Hand. Als ob der Racheengel Schwingen dem Kind die Hand geführt, zerschlug der Brocken dem Naaz den Scheitel. Das dampfig-warme Hirn klatschte auf den eiskalten Boden und gefror noch eilends, bevor der Senner seine vermaledeite Seele ausgehaucht. Wie ein bleierner Sack lag der verreckte Leib des Schinders auf dem Madl. Die Luft ging ihr schwer. Mit letzter Kraft rückte die Antonia die Leich von sich herab. In ihrer Seele indes regte sich nichts. Keine Schuld. Kein Kummer mochte zu ihr dringen. Stumm lag das geschundene Kindlein da, atmete tief und lauschte in die Nacht. Alles war still. Nur der Wind geisterte verstohlen ums Stadler'sche Gemäuer. Nach einem flüchtigen Gedanken erhob sich die Antonia. Richtete die zerwühlten Kleider und strich das Haar aus dem Gesicht. Ohne eines Blickes zu dem toten Naaz tat sie den Verschlag zum Gaden sachte auf und stürzte dann eilends die Stiege hinab. Mit bebendem Herzen stahl sich das Göblein in die finstre freie Nacht.

Wie gerne würden wir berichten, was aus der Sennerin und den Stadler'schen Buben geworden. Dass das arme Weib, nachdem das Scheusal nun endlich tot, wie aus einem Albdruck erwacht, von Tag zu Tag der alten Frische wiederfand. Dass der Buben Blödheit nicht von Dauer und der Hof wie einst im Licht des Lebens strahlte. Wie schön ist solch Gedanke. Allein wir können, nein wir dürfen es nicht sagen.

•

V   Maeror

Im einundzwanzigsten Erdenjahr des Korbinian Benz trug es sich zu, dass der geliebte Vater beizeiten aus dem Leben treten musste. Dabei war der Alois Benz im Flusse seines gottergebenen Lebens stets bei gesündester, ja wir können sagen gar von hervorragendster Natur. Durch der Arbeit vielen Tage und gedeihlich guter Kost war dem Senner obschon seiner zweiundfünfzig Lenze ein heiler Leib beschieden. Wie es dennoch vorkam, dass dem Alois Benz das Dasein genommen, davon wollen wir nun im Folgenden erzählen.

Es geschah auf Christi Verklärung anno 1838. Zur sechsten Stunde des Tages machte sich der Alois mit dem Korbinian daran, die Gäule anzuschirren, um hinaus in die Wälder vor Nantesbuch zu ziehen. Seit der Bub zum Manne gereift, war der Korbinian dem Bauern eine starke und liebe Hand im Holz geworden. Im Weiler hatten es die Männer durch ihrer Hände Arbeit zu lauterem Ansehen bei den Leuten gebracht. Kein Klafter lag in Nantesbuch, kein Scheit brannte in den Öfen, der nicht die Axt der Benz gespürt. So war auch an jenem sonnigen Tage im Jahresteil Augustus das Schlagen der Klingen und das Ächzen der brechenden Bäume bis hinauf nach Nantesbuch zu hören. Mit kräftigen Hieben trieb der

Korbinian das kalte Eisen der Axt durch den Schaft der Rinde ins lebendige Holz. Der Vater indes lenkte die blanken Stämme mit Hülfe der Mähren Kraft auf den schattigen Waldpfad hinaus. Als der Sohn abermals zum Schlag anhob, geschah das fürchterliche Unheil. Unter Knarren und Stöhnen brach wie von unsichtbarer Hand gebogen eine mächtige Buche über dem Vater zusammen. Das rauschende Geäst stürzte tosend aus der Höhe auf den Alois Benz herab und begrub Mensch und Tier, als seien sie nimmer dort gewesen. Dem Korbinian stand das Herz. Als sich seiner Denkkraft erschloss, was sich zugetragen, schrie er um des Vaters Seele. Mit der Barte in der Hand kämpfte er sich Elle um Elle durch das dichte Werk der Blätter. Der Alois lag gedrückt unter einem mächtigen Stamm. Schwarzes Blut rann ihm über die zittrigen Lippen. Seine Augen suchten fiebrig zu ergründen, was geschehen. Da trat der Korbinian ganz sacht zu ihm heran, legte ihm die Hand friedvoll auf die Wange und sprach: »Vater, ängstige dich nicht. Ich bin allezeit bei dir.« Als er dies so sprach, schaute der Alois seinen Jungen liebevoll an. »Mein Korbinian! Ich danke dem Herrn, dass er dich mir anvertraut. Du bist mein Leben. So lebe ich denn von nun an immerfort in dir.« Dann brach das Licht seiner Augen. Unsägliches Weh durchdrang den Korbinian. Unter der Schwere der Kummer Last sank er zusammen und greinte bitterlich.

So hockte er eine Zeit bei dem toten Vater. Da wurde es in dem Korbinian, als vernehme er ein tosend schallendes Gelächter. Beirrt schaut er umher. Noch immer johlte eine tiefe Stimme. Gellend, gar spöttisch. Eilends wischte er sich das Wasser aus dem Aug.

»Was hat er denn, der Herr Vater? Ist ihm nicht gut?«

Von einem Strunk höhnte eine dunkle Gestalt auf ihn herab.

»Ich kenn euch doch«, erwiderte der Korbinian.

»Ganz recht, Menschenkind. Du hast meiner also nicht vergessen!«

»Verschwindet! Ihr seht doch, was geschehen. Lasst mich meines Vaters Seele beweinen.«

»Freut dich meine Gabe etwa nicht?« Die Gestalt deutete auf den toten Benz.

Verstört schaute der Korbinian zu dem Vater und hernach wieder zu dem Dunklen hin. »Ihr habt das getan?«

»Aber ja doch! Dir allein zur Ehre!«

Da kam eine wilde Raserei in dem Korbinian auf. Fest hielt er die Barte umklammert. Schier blind vor Wut, bereit des Fremden Dasein auszulöschen, vernahm er jäh die Stimme des geliebten Vaters.

»Sohn!«, mahnte dieser inständig. »Lass dich nicht verleiten!« Erschaudert wandte sich der Korbinian um. Das Angesicht des Alois Benz war auf einmal wieder frei von Blut und voller Leben. »Es ist keines Menschen Recht, das Leben eines anderen zu enden, gleich was er auch getan.«

Da wurde dem Korbinian warm ums Herz. Nach kurzer Bedacht redete er dann: »Recht hast du, Vater! Verzeih mir meinen Groll.«

»Dir ist längst verziehen. Der Vergebung bedarf ein anderer.« Sogleich wandte sich der Korbinian wieder zu dem Dunklen. Doch der Baumstrunk stand nun leer. Erschaudert spähte er im Wald umher, doch die Gestalt war nimmermehr zu blicken. »Vater, er ist weg!«, redete der Sohn mit Bang. Doch der Alois Benz blieb stumm. Da lugte der Korbinian zu dem Vater hin. Der lag tot im kalten Blut.

•

VI   Adventus et abortus

Ein Jahr nachdem der Alois Benz im Holz vor Nantesbuch zu
Tode gekommen war, trug es sich zu, dass es die Antonia
Doninger zu einem Bauern in das Bayerische verschlug. Der
Winkler Franz war ein angesehener und gottgerechter Mann
im Tölzischen und der vierte Bauer der Toni in Folge nach
dem gottverreckten Ignaz Stadler. Der Menschen Abgründe,
ausdrücklich derer des männlichen Geschlechts, hatte das
Mädchen indes im Laufe der Jahre genug geschaut. War der
Naaz noch eine stinkend faule Sau auf Gottes weiter Erde,
erwies sich der Gollas im tirolischen Wiesberg als brutalster
Haudrauf. Selbst wenn das Madl ganz ohne Schuld, nahm er
eben dies zur Sache, um der Antonia in den Leib zu bläuen.
Ob sie mit ihrer Unfehlbarkeit ihm die seinige vor Augen
halten wolle, brüllte er dann voller Zorn. Welch dreckig bla-
siertes Stück Weib sie doch sei mit solcher Haltung. Dahin-
gegen nahm sich der Geiz des Voitl Moser im benachbarten
Starkenbach gar wie eine Zierde aus, hätte er die Toni nicht
des Sommers beinah des Hungers und des Durstes sterben
lassen. Auch die gottverdammte Pflichtentreu des Huber-
Bauern aus Ehrwald gedieh dem Madl bald zur Drangsal. Der

Arbeit gab es auf dem Hof dort viele so sehr, dass es der armen Jungmagd bald den letzten Saft geraubt.

So langte die Antonia Doninger im Alter von 22 Jahren an einem regnerischen Lenzentag anno 1839 mit letzter Kraft in Nantesbuch an. Schon von Weitem sah die Winklerin an jenem Morgen ein graues Menschlein durch den Morast auf das Gehöft zustapfen. Besorgt ob der armseligen Erscheinung ließ die Bäuerin die Toni auch gleich in den wohligen Gaden ein. Dort herinnen reichte sie der jungen Frau einen dampfenden Becher Kräuterguss, einen groben Kanten Brot, Butter und saftigen Räucherschinken. Schweigend saßen die beiden Weibsbilder in der Stube da. Es bedurfte keiner Worte. Da schluchzte die Antonia angesichts solch ungekannter Menschlichkeit. Die Bäuerin nahm schweigend die Hand der anderen. Dann redete sie mit lieber Stimme: »Du bleibst erst einmal da. Trink und iss dich satt. Dann zeige ich dir die Kammer. Dort ruhst du dich aus. Morgen sehen wir weiter. Bei uns gibt es genug Brot und Arbeit für jedermann.« Als die Antonia das hörte, flennte sie aus vollem Herzen. Gott der Allmächtige hatte das kleine Salzburger Madl, welches sie einstmals dargestellt, doch noch nicht vergessen. Itzo würde sich der Dinge Lauf zum Guten wenden.

•

Am nächsten Morgen erwachte die Antonia mit einer nimmer gekannten Seelenfrische. In der Nacht hatte sie in einem guten Bett in einer guten Kammer sein dürfen. Kaum da sie sich auf Geheiß der Winklerin zur Ruh gelegt, war der Schlaf ihrer habhaft geworden. Mit Macht hatte er das arme Ding in sein dunkles Reich hinabgeschleudert. Kein Albdruck, kein Schauder fand in jener Nacht zu ihr. Es war der erste tiefe Schlummer seit sie Salzburg und die Eltern verlassen. Da nahm es die Antonia auch nicht minder wunder, dass sie beim Schein der ersten Sonne frische Kleider auf dem Schemel in der Kammer fand. Ehrfürchtig hob sie das saubere Linnen von der Lehne, roch daran und schmiegte es liebevoll an ihre Wangen. Da pochte es am Gaden. Verschreckt ließ die Antonia das Kleid wieder fallen, sprang auf das Nachtlager zurück und bedeckte ihre Nacktheit voller Scham mit dem Laken. Die Winklerin trat ein. Auf dem Tisch in der Ecke bereitete sie der Antonia einen Krug dampfenden Wassers, eine Waschschüssel mit Seife und sauberen Tüchern. Sogar einen Kamm legte die Bäuerin dazu. Dann redete sie: »Das Kleid dürfte passen. Es ist ein altes von mir. Und jetzt wasch dich. Der Bauer möchte dich sehen.« Dann verschwand sie durch die Tür.

Keinen Glockenschlag später stand die Magd vor den Bauersleuten in der Stube da.

Es ist uns sehr bedauerlich, dass wir den Anblick der Antonia in diesem Augenblicke dem Leser nur mit Worten beschreiben dürfen, da wir doch schmerzlich darum wissen, dass aller Ausdruck Schönheit das Antlitz der jungen Frau nicht wiedergeben zu vermag. So schweigen wir uns denn auch lieber aus und beschränken uns darauf zu berichten, was im Weiteren geschah.

Der Winkler Franz bat die Toni, zu ihm ranzutreten und sich mit den Bauersleuten an den Tisch zu gesellen. Sogleich hob der Bauer zu der Frage an, wie es das junge Madl denn zu ihm nach Nantesbuch verschlagen hätte. Da sprudelte es aus der Antonia nur so heraus. Von dem Habereder sprach das arme Kind. Wie es auf dem nackten Wagen aus Salzburg ausgefahren war, hinaus zu dem Naaz tief in das Tirolische hinein. Wie der Gollas sie drosch und spuckte. Wie der Voitl Moser sie hungerte und wie unter der Arbeit Last sie bald beim Huber im Dreck verreckte. Als die Antonia ihre Rede endete, da war ihr, als hätte die Bäuerin ein Wasser im Auge. Auch dem Bauer war die Brust recht eng geworden.

»Gut!«, sprach der Winkler Franz. »All das ist jetzt vorbei! Du bist jetzt hier auf meinem Hof. Arbeit scheinst du nicht zu meiden, und wenn du bleiben willst, dann bleib!«

Als die Antonia den Bauern so reden hörte, da wurde es in ihr, als sängen Engel frohe Lieder.

»Das verspreche ich euch, Bauer. Eine Freude sollt ihr an mir haben. Arbeiten will ich, bis ich nicht mehr kann. Wenn ich nur bleiben darf!«

So trug es sich zu, dass an einem sonnigen Lenzentage im Jahr des Herrn 1839 die Antonia Doninger aus dem fernen Salzburg Magd auf dem Winkler-Hof im tölzischen Nantesbuch wurde.

•

Der Sebastian war das einzige Kind des Winkler-Bauern. Die Maria, sein zartes Schwesterlein, hatte der Gevatter Tod vor vielen Jahren beizeiten noch vor Ablauf ihres vierten Erdenjahres mitgenommen. Ein Schmerz, der den Bauersleuten noch heute in der Seele brannte. Dem Baste gefiel die Antonia. Im ganzen Leben hatte er noch nie ein so ansehnliches Weibsbild vor Augen gehabt. Selbst im fernen Tölz gab es keine, die mit ihr vergleichbar war. So reifte in dem tumben Jungbauern eine Schwärmerei heran, die sich zu einer Hinneigung und dann in der Zeiten Lauf in eine Vergötterung der Antonia auswuchs. Der Lendensäfte Kraft wirrten den schwachen Geist des Baste dergestalt, dass ihn die Sünde alle Nacht im Stillen suchte.

Der Antonia indes blieb alles eine Verborgenheit. Das Leben war endlich gut zu ihr. Die Bauersleute waren gerecht und der Arbeit gab es gut und viel. Auch im Dorf grüßten sie die Leute allezeit. Selbst der Pfarrer hieß die Antonia einen Himmelschein. Dabei war Jakobus Gruber mitnichten ein Freund des lieben Wortes. Weit über Nantesbuch hinaus galt der Pfarrer als eine der schärfsten Klingen unter den Schwertern des Allmächtigen. Wer dem Ansehen des Kirchenmannes nicht entsprach, dem drohte sogleich Ungemach. Blieb etwa eines seiner ach so geliebten Schafe ob eines Unwohlseins, einer

Schwachheit oder Kränklichkeit gar vom Hochamt fern, donnerte der Geistliche die Trompeten von Jericho auf den gottlosen Missetäter von der Kanzel herab. Nur der Tod galt dem Gruber als ausreichender Anlass, die Messe zu säumen. Zur Freude der Winkler'schen Bauersleute war der Antonia der Besuch des Gotteshauses ein inniges Begehr. Dem Franz und der Traudl behagte die augenfällige Frömmigkeit ihrer Magd, sprach man im Weiler nun mit gutem Leumund über den Winkler'schen Hof und der dortigen Willenslenkung der Antonia seit dem Tage ihrer Ankunft in Nantesbuch. Doch die wahrhaftige Bewegung der Antonia war eine durchaus irdische. Anstelle des Strebens nach dem ewigen Leben in einem glückseligen Himmel, zog es die junge Frau ob des Wiedersehens mit dem Leitner Georg, dem ersten Knecht auf dem Hof des Wallner-Bauern, all des Sonntags in das Kirchlein hin. Der Girgl war ein stattliches Mannsbild von gesunder Natur. Ein strammer Bursche und guter Knecht, wie ihn ein jeder gern zur Arbeit bei der Hand gehabt. Unterdes war es den Leuten nicht entgangen, dass die Antonia gerne mit dem Girgl war. So sah man sie des Öfteren vertieft in innige Rederei nach dem Segen gemeinsam aus der Kirche treten. Wie aufs Geratewohl sollte es wohl wirken, traf man die beiden bei der Angerlinde zweisam stehn. Eine solche Trautsamkeit war selbst dem Baste gleichwohl seiner schwachen Denkkraft nicht entgangen. Bei derlei unverfrorener Betracht geriet ihm der Adersaft in böse Wallung. In solcher Nacht langte er nach Stunden erst zur Ruhe, wenn alle Glieder schmerzten. Auch den Bauersleuten missfiel der Umgang. So hieß der Franz die Traudl, streng ein Wort unter Weibersleuten zu reden, damit das ewige Schöntun und Charmieren rasch ein Ende finde. Oder wolle die Antonia mit ihrem Benehmen seinem Hofe Ansehen im Weiler Schaden fügen? So dies ihr undankbares Sinnen sei, werde sie schneller den Weg zurück ins Tirolische finden, als sie ein ›Gegrüßet seist du Maria‹ gesprochen habe. Unter derlei Last endete die Antonia mit dem Girgl jeglichen Umgang schweren Herzens. Fortan sah man die beiden nimmermehr zusammenstehen. So strich die Zeit ins Land in Nantesbuch bis zu jenem Tage im Heuet anno 1842, als die Bäuerin eines frühen Morgens mit der Antonia das Milchvieh auf den Anger trieb. Die sonst so redefrohe Magd wollt an jenem Morgen kein rechtes Wort der Traudl sagen. Derart maulfaul war die Antonia der Winklerin noch nie erschienen, warum diese sogleich auch in sie drang. Ob ihr die Druden des Nachts erschienen und ihr die Zunge zugeschraubt, wollt die Bäuerin wissen. Doch die Toni redete kein Wort. Betreten angesichts der fremden Stummheit, sprach auch die Winklerin

44

nicht mehr. Da blieb die Antonia jählings stehen. Stierte leeren Blickes in die Ferne. Dann krümmte sie nach vorn. Einen grausligen Schwall grünen Speuz würgte die Antonia qualvoll in das Gras. Die Bäuerin sah alles voller Sorge an. Als die Antonia wieder zu Kräften langte, trat die Winklerin zu ihr heran. Unter Weibersleuten bedurfte es in diesem Augenblicke keiner Worte mehr, um zu verstehen, was sich eben zugetragen. Da nahm die Trudl die Antonia in den Arm. Die flennte darauf bitterlich.

•

Auf die Nacht fand sich die Bäuerin bei der Antonia in der Kammer ein. Ernsten Blickes nahm sie stumm den Schemel zur Hand und hockte sich hernieder. Mit festem Griff umklammerte sie der Toni Hände. So saßen die beiden Frauenzimmer eine lange Zeit schweigsam da. Sodann redete die Winklerin, griff in das Bündel ihrer Schürze und reichte der Antonia eine Handvoll Münzen.

»Nimm das, mein Kind. Geh morgen noch zur rechten Zeit nach Ramsau! Dort frag nach der Augusta Wagner. Sie wird dir helfen in der Not!«

»Ihr meint, ich soll …«, der Antonia Stimme brach vor Angst.

»Sie versteht sich auf ihr Handwerk. Vertrau mir! Du bist nicht die Erste mit solcher Unschicklichkeit. Dem Bauer sag ich, dass ich dich auf Heilbrunn geschickt, um neue Linnen zu besorgen.« Dann stand die Bäuerin auf. »Und jetzt schlaf. Du wirst die Kraft recht brauchen!«

Schlummer fand die Antonia in jener Nacht nimmermehr. Zu sehr war die arme Seele darin gefangen, das Schlimmste sich zurechtzudenken. Der Höllenschlund war ihrer sicher. Der Herrgott werfe nur zu Recht mit Zorn ihr Menschsein in das Feuer. Zwei Leben durch ihre Schuld geendet, darüber gab es kein Vergeben. Schon morgen werde sie der fürchterlichen

Betrübnis durch der Hände Werk der Wagnerin ansichtig werden. So dachte es in der Antonia die ganze lange Nacht.

Zur dritten Stunde des misslich neuen Tages machte sich die Magd daran, den Weg nach Ramsau zu suchen. Der Hof lag still, als sich ihr Schatten flüchtig in die sternenklare Nacht hinstahl. Nur der Wald sang ein leises Lied. Erst als von Nantesbuch kein Schimmer mehr bis zu ihr drang, verlangsamte die Antonia ihren Schritt. Der Atem ging ihr schwer. Heftig schlug das junge Herz. Da war ihr in der dunklen Nacht, als sähe sie den Girgl vor Augen. Wie liebevoll er ihr lächelte. Noch nie war ihr ein Mensch so viel. Noch nie so lieb im Leben. Nimmer durfte er kennen, wohin der Weg sie in dieser Nacht geführt. Nimmer den Grund auch nur erahnen. Das schwor sie unter Tränen. So hoffte und stürmte, flennte und taumelte die Antonia durch die Morgendämmerung auf Ramsau zu.

Die Wagnerin war schnell gefunden. Ein alter Bauer wies den Weg. Kein einzig Wort musste die Antonia zu ihm reden. Es war, als ahnte der Alte den Grund. »Gott schütze dich, mein Kind«, sprach er leise und speuzte Tabak in den Wind. Als die Antonia bei der Wagnerin anlangte, war ihr, als sei sie wie im Traum. Nichts war ihr wie in Wirklichkeit. Benommen stand sie reglos da. Einem Wiedergänger gleich. Nichts wollt sich in ihr regen. Kein Kummer, Herzweh, Unmut, Kram. Nichts. Alle Empfindung war gegangen. Da wurde die Tür zur Hütte aufgetan.

•

Beschwerlich war der Tag im Holz. Hoch stand der Feuerstern am Himmel und brannte auf die Erde nieder. Auch der Gäule Kraft tat schwinden, warum der Korbinian bald ein Einsehen mit den Kreaturen hatte. Nicht alle Arbeit wird an einem Tag gemacht, redete der Waldler zu sich selbst. So führte er mit sicherem Geleit die Rappen aus dem Unterholz. Als er eine Weile auf dem Waldpfad gegangen, vernahm er in der Ferne Fremdes auf dem Boden liegen. Er hieß die Mähren stehen. Auch dem Vieh war unruhig zumute. Erregt bliesen sie die Nüstern, huften fahrig hin und her. Da nahm der Korbinian eilends die Barte zur Hand. Mit Bedacht näherte er sich dem grauen Bündel. Mit jedem Schritt wurde zur Gewissheit, was da auf der Erde vor ihm lag. Behutsam fasste er die Schultern. Alsdann wendete er den zarten Leib mit Sorgfalt auf den Rücken. Da sah er das Gesicht. Es gehörte der Antonia, der Magd vom Winkler-Bauern. Der Atem ging ihr eilig flach. Das Antlitz war ihr blass, ganz einer Totenmaske gleich. Alle Ansprachen halfen nichts, auch kein kräftig Rütteln. Die Antonia blieb in ihrer Ohnmacht gefangen. Da schulterte der Korbinian das arme Ding und trug es zu dem Wagen. Dort bettete er die Magd auf einer alten Kolter. Alsdann hühte er die Pferde und schnalzte mit der Geißel. So zog der Korbinian mit der Antonia auf dem Hänger durch den

Wald vor Nantesbuch dahin. Dem Benz ging dabei allerlei Zeug durch den Kopf. Was der Magd wohl widerfahren so fernab von dem Winkler-Gut? Was wohl als Nächstes jetzt zu tun? Auf halbem Weg tat die Antonia Laute von sich kund. Stöhnen. Ächzen. Jammern. Da redete der Korbinian zu dem armen Weib: »Ich bin's, der Benz. Ich fand dich dort im Wald. Zu deinen Leuten bring ich dich. Die werden dir schon helfen.«

Da geriet die Antonia in eine bange Regung. Mit letzter Kraft flehte sie den Waldler an: »Nicht zum Hof! Ich bitt dich. Nicht zum Hof!«

Der Benz hielt gleich den Wagen. Mit Sorge schaute er die Antonia. Die blickte ihm entgegen. »Ich bitt dich. Bring mich nicht zum Hof. Keiner darf mich so dort finden.«

Der Korbinian sah die Not in der armen Frau. Er sann darüber nach und sprach: »Gut. Dann bring ich dich jetzt zu mir. Dort kannst du dich ruhen, so lange du magst. Entscheide selbst, wohin dein Weg dich führt.«

Wieder schnalzte die Geißel. Erleichtert angesichts der guten Worte fiel die Antonia in einen tiefen Schlaf. Als sie an der Hütte des Waldlers anlangten, hielt der Schlummer sie noch immer gefangen. Schweiß perlte ihr auf der Stirn. Der Korbinian machte sich eilends daran, ein Lager dem Weib zu bereiten. Dann wachte er das arme Ding und leitete sie unter Weh zur Schlafkammer hinein. Dort herinnen überfiel die Antonia sogleich wieder ein tiefer Schlummer. Erschöpft ließ sich auch der Korbinian auf einen Schemel im Gaden nieder. Die Hände zum Gebet gefaltet, saß er schweigend vor sich hin. Keine gute Ahnung war es, die ihn da beschlich, als er über die Antonia dachte. Wäre doch nur der Hartl zugegen. Der Moosleitner würde schon wissen, welch ein Tun das Beste jetzt sei. Mit solcher Grübelei erhob sich der Waldler. Der Leonhard bedurfte geholt. Dessen war er sicher. So wog er die Tür zum Gaden und erschrak. Mit den Gäulen stand der Hartl. Den Rappen strich er sanft die Mähne.

»Hartl!«, redete der Korbinian voller Wunder. »Dich schickt der Himmel!«

Da trat der Leonhard zu ihm heran. »Ich sagte doch, ich bin bei dir allezeit.« Daraufhin schritt er an dem Korbinian vorbei, geradewegs zum Lager der Antonia hin. Die lag in ihrem Schweiß gebadet in tiefer Ohnmacht da. Der Hartl schaute zu ihr nieder. Sogleich legte er dem armen Kind die Linke auf den Leib und schloss die Augen. Dem Benz wurde es ganz seltsam. Dann wandte sich der Leonhard dem Korbinian zu.

»Alles ist gut. Sie braucht den Schlummer.«

»Was hat sie?«, tat der Benz erstaunt erfragen.

Da sah der Leonhard dem Korbinian tief in die Augen. »Noch sollst du diese Last nicht tragen. Auf die Nacht wird es mit ihr besser sein. Dann wird sie ihrer Wege ziehen. Stell du dich nicht entgegen.«

•

Es sollte uns nicht mehr wundernehmen, dass des Leonhards Wähne an jenem fernen Tage im Heuet anno 1842 in eine wundersame Erfüllung ging. Wie vorausgesagt, besserte sich die Antonia, um auf die Nacht den Weg allein nach Nantesbuch zu suchen. Indes wollen wir besser unsere Achtsamkeit auf den Ausspruch des Moosleitners lenken, der da zu dem Waldler redete: Noch sollst du diese Last nicht tragen. Dem Benz sollte sich recht bald erschließen, was der Hartl damit sprach. Nur Tage drauf erschien der Leonhard ein weiteres Mal, um in eine Unterredung mit ihm zu treten. Wir können leider nicht erzählen, weil wir nicht wissen, welche Wahrheiten der Moosleitner dem Korbinian eröffnete, nur so viel können wir sagen, von diesem Tage an war der Benz nicht mehr derselbe. So wollen wir uns weiter unserer Berufung zuwenden und niederschreiben, was sich zugetragen.

Im Weiler nahm dem Scheine nach alles seinen vertrauten Hergang. Kraft der Hände Arbeit wurden Äcker und Fluren bestellt. Behufs der fetten Weiden gab das Milchvieh gut und viel. Der Ernte reichlicher Ertrag wurde beizeiten eingebracht. Den Menschen ging es gut in Nantesbuch. Auch auf dem Winkler-Hof war es eine segensreiche Zeit. Kein Zank. Kein einzig böses Wort war in all der Zeit zu hören. Selbst den Baste hellte der Sommer und auch der Pfarrer sänftigte das Wort. Im Wirtshaus bei dem Schuster stand der Bierhahn in jenen Tagen selten still.

Nur bei einer, da wollte sich keine rechte Fröhlichkeit ergeben. Je mehr der Herbst sich nahte und das Licht der Tage schwand, zog auch ein grauer Schleier über das Gemüt der Antonia dahin. Dabei mühte sich die Magd gar sehr, ihre Stimmung nur bei sich zu tragen. Kein Mensch in Nantesbuch ahnte, was mit der Antonia wirklich war. Es war des Nachts im August, als die Kümmernis geschah, von der die Magd längst eine Befürchtung hatte. Schlummernd lag sie in der Kammer, als sie jählings etwas schreckte. Wach und voller Sorge lauschte sie in die Nacht hinein. Alles war still. Da regte es sich wieder. Es schauderte die Antonia. Das konnte, nein das durfte doch nicht sein. Doch als das kleine Füßlein ihr wieder in den Magen bläute, da weinte die Antonia bitterlich und sprach: »Warum? Warum bist du nicht tot?« So lag das arme Ding die ganze Nacht und sann darüber nach, was weiter jetzt zu tun. Daher kam es, dass die Antonia damit begann, sich den Bauch zu schnüren. War derlei List zu Anbeginn recht tauglich, währte die Täuschung dennoch nicht von Dauer. Der Wanst schwoll unentwegt, sosehr sie ihn auch zurrte. Selbst die Brüste musste sie jetzt binden, denn deren Umfang war voll und schwer. Die Änderung der Antonia indes blieb

54

den Bauersleuten nicht verborgen. Doch für derlei Wandlung gab es nach deren Denken nur einen guten Grund. Der Magd schmeckten wohl die Speisen nur allzu gut. Darum stopfte die Antonia auch alles, was ihr ins Maul ging, hinein und schlang es begierig herab. Sollten die Leute doch glauben, dass sie fett und rund ihrer Gefräßigkeit wegen. So zog das Jahr ins Land. Doch der Antonia war klar, dass der Tag kommen würde, da der Herrgott dem Göblein befehligen werde, die warme Brutstatt eilends zu räumen. Es war der erste Adventus Domini anno 1842, den der Allmächtige, der Allwissende, der Allgewaltige Gott ausersehen hatte, die Antonia auf das Kindbett zu werfen, damit sie unter Schmerzen alleine in der dunklen Kammer den Georg Josef aus dem Leib sich pressen solle. Zur vierten Stund des späten Lichtentages setzten die Wehen ein. Gerade als die Antonia dabei war, dem Vieh in der Stallung das Heu zu geben. Ein Leid, wie es die Antonia zuvor noch nie gekannt. Mit letzter Kraft schleppte sich das arme Ding in ihren Gaden und fing in ihrem Elend unselig an zu flennen. Das Leben war verwirkt. So lag die Antonia auf ihrem Nachtlager da und tat die Pein erdulden. Da ersann sie in ihrer niedergebeugten Bekümmernis eine allerletzte Schlauheit. An diesem ersten Adventus Domini wollten die Bauersleute zur sechsten Stunde gemeinsam hin zur Vesper gehen.

Der Bäuerin indes müsse sie nur glaubhaft reden, dass ein jähes Fieber ihr den Weg zur Kirche verwehrt. Alsbald der Hof nur ihr allein, werde sie die Stallung wieder suchen, um dort ihrer Obliegenheit ein für alle Mal ein Ende zu bereiten. Das Jaucheloch werde ihr dabei eine große Hülfe sein.

Zur fünften Stund betrat dann auch die Bäuerin die Kammer, um Ausschau nach der Antonia zu halten. Die lag zitternd mit nasser Stirn auf ihrem Lager. Da hatte die Bäuerin recht bald ein Einsehen. So kam es wie von der Antonia erdacht, dass sie von nun an allein war auf dem Winkler-Hof. Doch das Ersinnte sollte ihr nicht gelingen. Kaum da sie sich von ihrem Bett erhoben, schoss ein furchtbarer Schmerz ihr in den Wanst. Als ob ein Teufel mit glühendem Schwert ihr den Leib zerteilt, so war ihr da. Ein Schwall dampfenden Blutes klatschte in den Gaden. Da schwand dem armen Kind das Licht. Ein dumpfer Schlag des Schädels donnerte durch das Gehöft. Dann war Ruh.

•

Pfarrer Jakobus hatte die Vesper beizeiten geendet. Die Wangen glühten ihm rot. Schweiß rann von der Stirn. Geradezu Besessenheit war in seinem Blick. Jene Homilie gegeben zur Vesper des ersten Adventus Domini 1842 würden die sündigen Nantesbucher so schnell nicht wieder vergessen. Denn ins Gewissen hatte er ihnen geredet. In die Seele gebrüllt, ob sie sich in ihrem kümmerlichen Dasein mit ihren beschränkten Hirnen überhaupt der Bedeutung des Adventus Domini bewusst seien. Die Zeit der Erwartung der Ankunft des Herrn sei schließlich kein irdischer Firlefanz, der dazu diene, beim schummrigen Schein der Kerzen hinterm warmen Ofen zu hocken. Seit Erschaffung der Welt habe der Mensch viertausend Jahre auf die Ankunft des Messias des Christus gewartet und ein jeder der vier Sonntage im Adventus repräsentiere je tausend dieser elend langen Jahre. Denn mit dem Weib habe das Übel seinen Lauf genommen. Den Apfel habe sie dem Manne gereicht. Sie, das Urweib Eva, sei es gewesen, die dem Züngeln der Schlange ein Ohr geschenkt. Und der erste Adventus Domini stehe für jenen schweren Sündenfall. Die Erbsünde! Dann fuhr er fort. Mit der Bibel in der Hand nahm er die Pose eines alten Propheten ein. Seine Stimme donnerte:

»Und zum Weibe sprach der Herr: Ich will dir viel Schmerzen schaffen, wenn du schwanger wirst; du sollst mit Schmerzen

Kinder gebären; und dein Verlangen soll nach deinem Manne sein, und er soll dein Herr sein. Und zu Adam sprach er: Dieweil du hast gehorcht der Stimme deines Weibes und hast gegessen von dem Baum, davon ich dir gebot und sprach: Du sollst nicht davon essen, verflucht sei der Acker um deinetwillen, mit Kummer sollst du dich darauf nähren dein Leben lang. Dornen und Disteln soll er dir tragen, und du sollst das Kraut auf dem Felde essen. Im Schweiße deines Angesichts sollst du dein Brot essen, bis dass du wieder zu Erde werdest, davon du genommen bist. Denn du bist Erde und sollst zu Erde werden.«

Für einen Augenblick hielt der Pfarrer inne. Noch immer thronte er wie ein Prophet über den Köpfen seiner Schafe. Streng sah er einen nach dem anderen an. Dann dröhnte er von der Kanzel: »Wisst ihr, was das bedeutet? Wisst ihr es?« Speuz flog ihm dabei aus dem Maul. »Es ist das Weib!«

Er zeigte auf die Frauenzimmer im hinteren Kirchenschiff.

»Wir alle sind in Sünde! Und Schuld ist nur das Weib! Viertausend lange Jahre! Fernab von Gott!« Drohend reckte er die Rechte gen Himmel. Pfarrer Jakobus sank erschöpft zusammen. Stille war in dem Kirchlein. Ein jeder begehrte nur noch das Aufhören der Vesper. Geschreckt gingen die Nantesbucher aus dem Gotteshaus fort. Keiner redete ein Wort. Auch unseren Bauersleuten war es seltsam geworden. Schweigend stapften sie durch den hohen Schnee voran. Am Hofe angelangt machte sich der Baste auch gleich auf in seinen Gaden. Der Bauer und die Bäuerin indes blieben in der Stube, die Brotzeit zu richten. Da lärmte ein grausiger Schrei des Baste durch das Gemäuer. Geängstigt stürzten die Bauersleute die Stiege hinauf. Die Kammer der Antonia stand sperrangelweit offen. Ein klägliches Flennen brach daraus hervor. Eilends traten die beiden herbei und wurden dort herinnen eines schauderhaften Anblicks gewahr. In einer Lache schmierigen Blutes lag die Antonia besinnungslos da. Den Bauersleuten stockte der Atem angesichts solch grauenhaften Geschehens. Der Baste greinte derweil unaufhörlich wie ein unbändiger Idiot. Seine blutbesudelten Hände rieb er sich ins Gesicht. Da entfuhr es der Bäuerin: »Mein Gott, Sohn, du hast doch nicht etwa …« Gerade da sie so sprach, bewegte sich das Linnen zwischen den Schenkeln der Antonia absonderlich. Da hielt die Bäuerin in ihrer Rede inne. Behutsam hob sie das Kleid empor. Niemand sprach mehr ein Wort. Auch der Baste endete jäh sein Flennen. Ein jeder starrte nur entsetzt zu der Antonia hin.

Da brach es aus dem Bauern heraus: »Du gottverreckte Drecksau! Na wart nur, wenn ich dich in die Finger kriege.«

Dann stürzte er die Stiege hinab in die eiskalte Winternacht hinaus.

•

VII   Homicidium

Wohin es den Winkler Franz in jener Nacht des ersten Adventus Domini so sehr eilte, wird nur wenigen unter uns eine
schwere Denkarbeit gewesen sein. Zum Wallner-Bauern zog
ihn der Groll. Der Leitner Georg saß gerade mit den Bauersleuten in der Stube bei der Brotzeit beieinander. Ohne ein
Wort stürmte der Franz zur Stube herein, griff sich den wun-
dernden Girgl am Kragen und keilte ihm die Faust ins Gesicht. Hätte der Wallner Jakob die beiden nicht dank seines
wachen Verstandes gleich getrennt, der Franz hätte den Georg
unter dem Herrgottswinkel vor aller Augen totgeschlagen.
Auch der Jakob hatte Mühe, den Franz zu halten.

»Du gottverreckte Drecksau, du dumm dreckige. Du schwän-
gerst mir meine Antonia nicht umsonst!«, gellte der Franz
dem Georg entgegen.

»Jetzt krieg dich erst einmal ein«, sänftigte der Jakob. »Was
ist denn los? So kenn ich dich ja gar nicht!«

»Lass mich los, Jakob. Dir will ich nichts. Aber die Drecksau
da soll mich kennenlernen!«

»So nicht, Franz«, redete der Wallner-Bauer. »So redest du
nicht mit dem Georg auf meinem Hof. Beruhig dich, dann
lass ich dich auch los.« Da sänftigte sich der Winkler Franz.

Mit Bedacht lockerte auch der Jakob nun den Griff. Schnaubend zog sich der Franz den Joppen zurecht. Mit einer drohenden Geste redete er wieder zu dem Georg: »Wir sprechen uns noch, das sag ich dir.« Dann wog er die Tür zur Stube laut ins Schloss. Der Georg lag alldieweil in einer Starre auf dem Boden. Die Rechte hielt das blutende Gesicht. Jetzt war wieder Ruh im Gaden.

Das Gerede war groß in Nantesbuch. Ein jeder wusste zu berichten, was sich auf dem Wallner Hof hatte zugetragen. Stets war an dem eigenen Erzählen mehr, als man zuvor im Weiler gehört. So wuchs durch das Gerede der Hieb des Franz zur wildesten Fausterei. Sogar ein Messer soll im Kerzenschein gefunkelt sein. Die Hand der Wallnerin soll es gegen den Franz gewendet haben, wodurch der aus Lebensangst vom Hof geflohen sei. Die Antonia, diese liederliche Hure, habe einen grausigen Bankert zur Welt gebracht, dem die Sünde ins Gesicht geschrieben. Eine Ausgeburt an Hässlichkeit und ein Idiot noch obendrein. Wie eine Katze gelle der Blödling den ganzen langen Tag. Die Hure selbst fantasiere seither wirres Zeug und spräche mit Dämonen.

Wir wollen unsere Leser nun an dieser Stelle nicht länger in Ungewissheit darüber lassen, was an dem Geschwätz an jener schmutzigen Salbaderei nun wahr sei oder falsch. Mit Freude dürfen wir berichten, dass noch am Abend des ersten Adventus die Antonia wieder zu sich fand. Ihr Kopf war klaren Geistes, nur das Gemüt wog dunkel und schwer. Auch über das Göblein dürfen wir frohe Kunde verbreiten. Der Georg Josef war ein Bub von gesündester Natur und herrlich zugleich anzusehen. Dem Bauern indes war das alles eine schwere Schmach. Nur die Winklerin fand ein gutes Wort und hieß die beiden bleiben. Da konnte auch in seinem Zorn der Franz nicht anders. Aber nur unter der Bestimmung, dass er die Antonia und ihren Bastard bis zu ihrem Fortgehen im Frühjahr nicht mehr zu Gesicht bekomme, ansonsten schlüge er die beiden auf der Stelle tot.

So wollen wir nun mit Neugier unseren Blick erneut nach Nantesbuch richten, um zu hören, was sich weiter zugetragen. Unsere Aufmerksamkeit führt uns mitten hinein in eine bierselige Geselligkeit in das Gasthaus zum Schusterwirt. Rauchige Schwaden Tabakdampf ziehen im schummrigen Licht der Gaststube über die geduckten Köpfe der Männer hinweg. An einem der Tische hatte sich der Wallner Jakob erhoben. Mit starker Stimme redete er den Leuten zu: »Der Georg hat es mir bei seinem Leben beteuert, dass er die Antonia nie angefasst. Bei Gott hat er geschworen, dass er nicht der Vater von dem Buben sei. Und ich glaub dem Girgl. Er ist ein recht-schaffener Mann und Knecht.«

»Ach ja«, rief einer der Männer dem Jakob entgegen, »und wir alle haben wohl nur Gespenster geschaut, als wir die bei-den nach der Kirche zusammen haben stehen sehn? Wie sie sich verliebt in die Augen gesehen und dem anderen die Hand gehalten draußen bei der Angerlinde.«

»Nein, da hast du richtig geschaut«, entgegnete der Franz. »Ich hab das wie ihr alle auch gesehen. Und der Georg hat mir gesagt, dass er wohl ein Auge auf die Antonia hatte.« Im Wirtshaus wurde es lauter. »Aber die Antonia hat ihm schon im Sommer bedeutet, dass es nix werden wird und dass er sie in Ruh lassen soll.«

»Genau«, grölte ein anderer. »Und dann hat er sich die Hure einfach genommen und ihr gezeigt, wie sehr er sie wohl ha-ben mag!« Es hallte Pfiffe. Andere gaben ihre Zustimmung durch Klatschen kund.

»Und wann soll das gewesen sein? Jetzt hat die Antonia ihr Kind zur Welt gebracht. Dann kann das nicht nach dem Sommer gewesen sein!« Wieder johlte die Menge. »Du hast es selbst bezeugt. Noch vor dem Sommer ist es geschehen, da wo der Georg noch sehr wohl ein Aug auf der Antonia hatte.«

Jetzt tat der Winkler Franz sich erheben. »Was raten wir herum wie die Blöden? Ist denn die Antwort gar so schwer? Wer sollt es denn sonst außer dem Georg im Dorf gewesen sein?«

Auf einmal war es still in der Gaststuben. Dann fuhr der Winkler-Bauer fort. »Der Georg, das Dreckschwein, ist es gewesen. Das ist so wahr, wie ich hier stehe. Wie ein rammeliger Bock ist er auf die Antonia gesprungen, bestimmt mehr als nur auf eine Nacht. Wir alle haben es doch gesehen. Die reinste Sünde ist vor unser aller Augen geschehen. Gott ist mein Zeuge. Der Traudl hab ich befohlen: Sag der Antonia, dass jetzt Schluss ist mit der Turtelei, sonst schmeiß ich sie vom Hof. Doch da war es schon zu spät. Die Hure hatte für den Georg schon die Beine breit gemacht. Ich bin ein guter Christenmensch, das wisst ihr alle. Darum lass ich die Hure mit ihrem Drecksbalg noch auf meinem Hof überwintern. Doch sobald die Frühjahrssonne wieder scheint, jag ich die beiden mit dem Knüppel aus Nantesbuch heraus. Das verspreche ich euch, so wahr ich der Winkler Franz bin.« Dann hielt der Bauer inne. Mit ruhigem Ton setzte er seine Rede fort: »Und was mit dem Georg passieren muss, das weiß ein jeder hier. Ich hoffe nur und vertrau auf Gott, dass einer von euch den Arsch in der Hosen hat, das zu tun, was ein aufrech-

ter Christenmensch jetzt tun muss. Meinen Segen hat er.«
Dann setzte sich der Bauer.

Im Schusterwirt brach daraufhin eine wilde Rederei aus. Ein
jeder redete mit jedem ein lautes Wort. Da schaute der Baste
den Vater achtungsvoll an und sprach: Gut gesprochen, Vater.
Recht hast du!

In all dem Gewirr saß nur einer still auf seinem Platz. Dem
Korbinian Benz war das alles zuwider. Wartet nur, was euch
noch droht, dachte er bei sich, stand auf und ging von dannen.

•

Kein Schnee fiel über Nantesbuch. Sternenklar war die Nacht im Tölzer Land des zweiten Adventus Domini. Der Atem gefror den Menschen vor den Mäulern. In der Stallung indes war es warm. Das Vieh stand ruhig beieinander. Dem Leitner Georg pochte das Blut noch immer hinterm Nasenbein. Den Hieb des Winkler-Bauern würde er nimmermehr vergessen. Den Knochen hatte der Saukerl ihm gebrochen. Das sollte der Bauer ihm noch büßen, das schwor er sich bei Gott. Eilends räumte der Girgl das Zeug im Stall beisammen, denn die Bauersleute brachen auf die Nacht zur Vesper auf. Da wollte der Arbeit Tagwerk vollbracht sein. Der Bauer und die Bäuerin warteten in der Stube herinnen.

»Was ist jetzt, Georg, kommst du mit zur Vesper?«, wollte der Wallner wissen.

»Seid nicht böse, Bauer, aber ich will mir das nicht antun. All das Geschwätz und die bösen Blicke.«

»Du hast dir nichts zu Schulden kommen lassen, Georg. Gerade darum würde ich es allen zeigen und mit zur Vesper kommen«, redete jetzt die Wallnerin.

»Ein anderes Mal, Bäuerin.«

»Gut! Wie du meinst, Georg! Verdenken kann ich es dir nicht!« Der Bauer nahm Joppen und Hut. Dann war der Girgl allein.

Gerade da die Bauersleute gegangen, war dem Knecht, als hätte ein Schatten sich vor das Fenster gestohlen. Ob dem Bauer etwas abhanden war? Er lauschte in die Nacht, doch nichts wollte sich regen. Da pochte eine starke Hand an die Tür. Verwundert tat der Georg öffnen, um zu schauen, wer da war.

»Was willst jetzt …«, mehr konnt der Girgl nimmer reden. Für alle Zeiten gab er Ruh. Still war es wieder in Nantesbuch und sternenklar die Nacht. Selbst die blutverschmierte Axt fiel lautlos in den kalten Schnee.

•

VIII   Manifestatio

Es war die Homilie anlässlich des zweiten Adventus Domini, welche den Menschen in Nantesbuch für lange Zeit im Gedächtnis bleiben sollte, ergaben sich doch mit den Predigten des Herrn Pfarrer eigenartige Gleichheiten mit den Vorgängen in der Welt.

Wie sehr die Worte des Jakobus Gruber mit den Begebenheiten im Weiler zusammenstimmten, sollte den Menschen noch in jener Nacht auf das Entsetzlichste offenbar werden.

Sankt Vincenzius war bis auf den letzten Platz gefüllt. Nur der Georg und die Antonia blieben fort. Ein jeder wollte mit eigenen Ohren hören, was der Kirchenmann zu dem Sündenfall zu sagen hatte. Stille war, als der Pfarrer das Wort erhob.

»Da sprach der Herr zu Kain: Wo ist dein Bruder Abel? Er sprach: Ich weiß nicht; soll ich meines Bruders Hüter sein? Er aber sprach: Was hast du getan? Die Stimme des Bluts deines Bruders schreit zu mir von der Erde. Und nun verflucht seiest du auf der Erde, die ihr Maul hat aufgetan und deines Bruders Blut von deinen Händen empfangen. Wenn du den Acker bauen wirst, soll er dir hinfort sein Vermögen nicht geben. Unstet und flüchtig sollst du sein auf Erden.

Kain aber sprach zu dem Herrn: Meine Sünde ist größer, denn dass sie mir vergeben werden möge. Siehe, du treibst mich heute aus dem Lande, und ich muss mich vor deinem Angesicht verbergen und muss unstet und flüchtig sein auf Erden. So wird mir es gehen, dass mich totschlage, wer mich findet. Aber der Herr sprach zu ihm: Nein; sondern wer Kain totschlägt, das soll siebenfältig gerächt werden. Und der Herr machte ein Zeichen an Kain, dass ihn niemand erschlüge, wer ihn fände.«

Das war es, was der Pfarrer zu den Menschen sprach, und ein jeder in dem Kirchlein war beirrter denn zuvor. Nur einem, so dürfen wir vermuten, machte das Gerede eine bittere Angst. Doch darauf wollen wir beizeiten noch zu sprechen kommen. Zuvörderst wollen wir berichten, was sich in jener Nacht in Nantesbuch noch zugetragen.

Der Wallner und die Wallnerin, wie konnte es anders sein, fanden den Georg erschlagen im Hausgang liegen. Die Bäuerin fiel sogleich in eine wilde Flennerei. Der Wallner indes, wie vom Schlag getroffen, blieb bei ihr stehen. Seine Denkkraft konnte nicht ergründen, was geschehen. Dann sah er das blutverschmierte Beil zu Füßen seines Knechtes liegen. Mit einem Mal wurde es in dem Wallner Franz zur Klarheit. Nur einer im Dorf wusste mit der Axt recht umzugehen. Dieser

Waldler, dieser sonderbare Kauz, war doch auch beim Schusterwirt, als der Winkler Franz die Meute aufgestachelt. Da nahm der Wallner das Beil zur Hand und stürmte in den Weiler. Noch konnte der Benz nicht weit gegangen sein, die Vesper war erst kurz geendet. Noch immer standen die Leute auf dem Anger beisammen. Wie ein Berserker stob der Wallner durch die Menge. Weibsleute gellten auf, als sie des Beil gewahr. Da sah er den Benz auf dem Dorfpfad gehen. Gerade als er sich des Korbinian bemächtigen wollte, packte ihn eine starke Hand. Wie ein Blutmensch lärmte der Wallner auf. Der Benz fuhr aufgeschreckt herum. Da sah er, wie der Geutner Lukas den Wallner auf den Boden zwang.

»Gib Ruh, Jakob«, redete der Mann auf den Wallner ein.

»Was weißt denn du! Er hat heute Nacht mir den Georg erschlagen und kein Zweiter führt die Axt wie er!«

Da kniete sich der Korbinian zu dem Jakob nieder, nahm das Beil ihm aus der Hand und redete zu den Leuten laut und klar: *»Die Stimme des Blutes deines Bruders schreit zu mir von der Erde, so spricht der Herr. Dies Blut wird mit Blut vergolten werden.«* Als der Korbinian dies so zu den Menschen redete, trat eine dunkle Gestalt aus der Menge heraus. Doch niemand wurde des Fremden gewahr. Aug in Aug tat der Waldler dem

Dunklen schauen. Da brach ein tausendstimmiges Gelächter aus dem Maul des Bösen hervor.

●

Das Leichenbegängnis des Leitner Georg fand an einem Donnerstag, dem achten Tage im Christmond anno 1842 statt. Es war ein eisiger Tag im Tölzischen. Nur der Wallner-Bauer und sein Weib hatten an das kalte Erdenloch gefunden, um dem Girgl eine letzte Ehr zu weisen. Ohne einen Segen wurde das Leibholz in die finstre Grube fernab des Gottesackers vor Nantesbuch gefahren. Dann gingen alle wortlos von dannen.

Die Antonia indes darbte in ihrem Gaden an einem bitterlichen Seelenkummer. Noch in der schicksalhaften Nacht des zweiten Adventus hatte sie durch das Wort der Bäuerin von der Bluttat an dem Girgl erfahren. Seither konnte sie das Weinen nimmer enden.

Zwei Tage nach der Grablegung ihres Liebsten fand sich der Baste ungeahnt auf die Nacht bei der Antonia in der Kammer ein. Leise, gar weich pochte er an den Gaden. Die Wöchnerin erschrak ob seines fiebrigen Anblicks. Kalter Schweiß perlte dem Jungbauern auf der Stirn. Die Gedanken waren ihm fahrig. Die Antonia hieß ihn Platz zu nehmen. Da hockte sich der Baste nieder und redete wie von Sinnen.

Kein Frauenzimmer auf Erden sei wie sie. Selbst die Jungfrau Maria könne kein schöneres Weibsbild gewesen sein. Sie sei ein wunderbarer Weibsbildengel. Immerzu müsse er nur an sie denken. Keine Ruhe finde er mehr in der Nacht.

Als die Antonia den Jungbauern so reden hörte, da stieg ein Grausen in ihr hoch. Ein Würgen kam ihr in den Hals. »Hör auf! Hör auf!«, schrie sie ihm entsetzt entgegen.

Doch der Baste wurde nun noch unangenehmer. Er werde sie befreien aus all ihrer Not. Dem Kinde werde er ein guter Vater sein. Jetzt da der Leitner Georg doch tot sei, noch umso mehr. Und überhaupt, ein Knecht wäre eh nichts für die Antonia gewesen, da sei ein Jungbauer wie er doch eine bessere Partie. Sie solle den Georg vergessen, jetzt da sie doch ihn habe. Er würde sich um alles kümmern.

Der Antonia wurde es angst und bang bei all dem Wahn, den der Baste von sich gab. »Raus! Raus! Verschwinde endlich, du ekelhaftes Scheusal.«

Da wurde der Jungbauer jählings ganz anders. Das Gesicht war ihm auf einmal wie aus Stein. Mit kräftiger Hand packte er die Antonia am Arm. »Jetzt hör mir mal gut zu, du gottverreckte Hure! Du solltest mir ein klein wenig dankbarer sein. Etwas mehr Zuneigung von dir hätte ich schon verdient. Wer hat dir denn diesen schmierigen Hurenbock vom Hals geschafft? Und wenn du dich nicht bald benimmst, dann schlag ich dir den Schädel in zwei Stücke wie dieser elenden Drecksau!«

Der Antonia wurde es, als würde ihr der Boden schwinden. Vor lauter Entsetzen konnte sie nimmermehr flennen. Mit Schauder starrte sie den Baste an. Dem war derweil nicht entgangen, welche Wandlung sich in der Antonia vollzogen. Erschrocken ob der eigenen Worte lockerte er den Griff. So wagte es die Antonia und redete: »Du hast den Georg erschlagen?«

Der Jungbauer schwieg.

»Mein Gott, Sebastian, was hast du getan?«

Da brach es aus dem Baste heraus: »Es ist eine Sünde! Er darf dich nicht einfach schwängern und dann so tun, als sei nichts gewesen.«

Die Antonia begann zu verstehen. »Du hast den Georg deswegen umgebracht, weil du gedacht hast, dass er der Vater von dem Buben sei?«

Mit einem stummen Nicken bejahte er sein Handeln. Da stand die Antonia auf, kniete sich mit Fassung vor den Baste hin und begann in aller Ruhe zu erzählen.

•

IX Incendium

Mit einem nimmer gekannten Ahnungsdrang wurde die Vesper zum dritten Adventus Domini von einer jeden Seele in Nantesbuch erwartet. Auch wir wollen unseren Leser nicht länger in der Ungewissheit hierüber lassen und wenden uns ohne Umschweife der Homilie des Pfarrers Jakobus Gruber zu. Auch an jenem Abend ist das kleine Kirchlein wieder bis auf seinen letzten Platz gefüllt. Lauschen wir, was der Gottesmann zu sagen hat.

»Gott ist nicht mehr unter uns! Die Sünde hat Einzug gehalten in Nantesbuch. Erst kam die ungezähmte Fleischeslust aus der Hure heraus, die dem Satan einen Bastard geboren. Und nun wird eines räudigen Sünders Leben durch seines Bruders Hand geendet. Auge um Auge! Was aber kommt als Nächstes? *Da ließ der Herr Schwefel und Feuer regnen vom Himmel herab auf Sodom und Gomorra und vernichtete die Städte und die ganze Gegend und alle Einwohner der Städte und was auf dem Lande gewachsen war.* Wollt ihr das? Kehrt ab von der Sünde. Der Herr wird euch strafen mit Schwefel und Feuer!«

So er diese Worte sprach, war den Nantesbuchern, als könnten sie gar das Feuer schon schmecken. Feuerzungen flackerten an den Wänden in dem Kirchlein empor. Ein Rauschen des tosenden Höllenbrandes drang schon an ihre Ohren. Langsam ergründete sich den Menschen, was wirklich vor sich ging. Einer nach dem anderen erfasste die Wahrhaftigkeit der eigenen Empfindung. Da gellten auch schon die ersten Mäuler: »Feuer! Feuer!«

Schrecken machte sich breit. Ein jeder sprang aus den hölzernen Bänken und stürmte zu dem Ausgang hin. Draußen vor der Kirche war ein großes Geschrei. Auch der Winkler und die Winklerin traten nun herbei und schauten mit den anderen, woher die Flammen drohten. Da drang ein Ruf an des Franzens Ohr. »Es ist der Winkler-Hof! Schnell! Der Winkler-Hof brennt!«

Als ob der Teufel selbst nach seiner armen Seele trachte, rannte der Franz drauflos. Der Bäuerin indes versagte die Kraft. Auch dem Bauer wich das Leben, als er des Anblicks gewahr. Die Stallung stand im hellsten Feuer. Das Viech litt unsagbare Qualen. Der Kreaturen Schreie brachen aus der Feuersbrunst hervor, bis weit ins Tölzische hinein.

Ein Heer erzürnter Engel zerschnitt mit feurigen Klingen das Schwarz der eisigen Nacht. Gewaltige Flammensäulen stiegen tosend gen Himmel empor, um Fürchterliches zu verkünden. Ein jeder Mann, ein jedes Weib war auf den Beinen, um zu retten, was zu retten war. Da fiel der Franz vor aller Augen auf die Knie und flennte ganz aus tiefster Seele. Und wie er dort im Schnee so hockte, ging abermals ein schauderhafter Schrei durch Nantesbuch. Als ob von Geisterhand bestimmet, wurde der flammende Verschlag zur Stallung aufgetan und aus der Feuerwalzen Mitte kam brennend eine Gestalt hervor. Gefangen von jener unheimlichen Betrachtung verharrten alle in fassungsloser Starre. Mit schweren Schritten trat die lodernde Menschenfackel dem Winkler Franz entgegen. Gleichsam einem bösen Albdruck hob der den Kopf und stand voller Entsetzen auf. Da erkannte der Bauer in den züngelnden Flammen, wer da sterbend vor ihm stand. Für eine Unendlichkeit schaute der Franz in das brandige Antlitz seines Buben. Dann brach der Baste tot zusammen.

●

Es schmerzt uns in der Seele, von all der Bitternis in jenen Tagen zu berichten, doch ist es nicht an uns, der Dinge Lauf zu werten. In all der Trübsal wird uns erbauen unterrichtet zu werden, dass es dem Herrgott gefallen, das Leben der Antonia und dem Göblein zu schonen. Noch bevor der Baste den Hof in Brand gesteckt, trat er zu den beiden in den Gaden ein. Dort herinnen fing er sogleich auf das Erbärmlichste an zu flennen und zu schreien. Die Antonia hieß er ein widerliches Miststück und drosch mit Fäusten auf sie nieder. Dem Göblein speuzte er ins Gesicht und fluchte es von Sinnen. Dann riegelte er den Gaden und polterte die Stiege hinab. So war nach dem Belieben des Sebastian Winkler die Antonia mit ihrem Kinde dem Tode geweiht. Doch dank der vielen Hände Hülfe ward das Feuer bald gebannt. Die Mutter und den Buben fand man hernach in ihren Gaden gesperrt. Als der Winkler Franz das hörte, dass die Magd und der Bankert immer noch lebten, geriet er in eine wilde Raserei, sodass drei Männer ihn nur zu halten vermochten. Die Hure sei an allem schuld. Verflucht auf alle Ewigkeit sei der Tag, an dem die Schlampe Nantesbuch und seinen Grund betreten.

»Ich schwöre bei Gott gebt mir das Dreckstück und die Mistgeburt und ich schlag beide auf der Stelle tot.« Das war es, was der Bauer noch in der Nacht vor der Antonia und für alle Ohren hörbar redete.

So manch einer konnte den Franz recht gut verstehen und tat seine Feindschaft offen kund. Mit Fäusten drohte man dem Weib. Es war gerade einmal so, als hätte die Antonia ihr Leben alsbald verwirkt. Da trat der Korbinian zu der Magd heran.

»Beruhig dich, Bauer. Beruhigt euch alle. Der Sünde ist genug geschehen. Ich werde die Antonia und ihr Kind zu mir nach Hause nehmen. Kein Haar wird ihr und dem Buben gekrümmt.«

Da wurden Stimmen in der Meute laut, der Benz solle doch sein neunmalkluges Maul halten. Was schere sich der Waldler um die Obliegenheiten von dem Winkler-Bauern. Wenn er es vorzöge, lieber der Hure zur Seite zu stehen, als dem Franz eine gute Stütze zu sein, dann solle er auch gefälligst die Wirkung seiner Worte am eigenen Leib erspüren. Gerade schon wollten einige der Männer den Korbinian packen, da trat der Moosleitner Leonhard zu ihm heran.

»Habt ihr nicht gehört, was der Korbinian euch gesagt?«

Weiterer Worte bedurfte der Hartl nimmer, da keiner mehr den Schmalz verspürte, ihm mit Entschiedenheit entgegenzutreten. Da nahm der Korbinian die Antonia bei der Hand und führte sie mit ihrem Bündel aus Nantesbuch heraus. So kam es, dass der Antonia und ihrem Göblein zum zweiten Mal in jener Nacht das Leben gerettet.

Das Licht des jungen Tages offenbarte das ganze Ausmaß des Unheils. Die Stallung war bis auf die Mauer heruntergeraucht. Das Wohnhaus indes blieb gottlob verschont, gleichwohl schier das ganze Getier den Feuertod fand. Namentlich einundzwanzig Stück Milchvieh, zwei Rappen, sieben Sauen, fünf Anten, vier Geißen, dreizehn Glucken sowie der Gockel. Dem Flammenmeer entkamen acht Stück Federvieh und Trixi, der Hund.

Die Leiche des Baste wurde noch in der Nacht auf einem Karren in den Schuppen des Steiner-Bauern verbracht. Eine Verfügung, die der Steiner Sepp noch hinreichend beklagen sollte, da der Gestank des geschmorten Fleisches für lange Zeit noch in dem alten Gebälk zu nasen war.

Zur Mittagsstund erschien der Pfarrer bei dem Winkler und der Winklerin. Der Kirchenmann kam ohne Abirrung auf das Wesen der Obliegenheit zu sprechen. Bei dem Fortgang des Sebastian handele es sich in aller Offensichtlichkeit um ein tragisches Unglück, welches dem Jungbauern bei der Erledigung seiner gottergebenen Verrichtung in der Stallung zugestoßen. Aufgrund dessen sei einem christlichen Leichenbegängnis nach seinem Dafürhalten auf dem Nantesbucher Gottesacker nichts entgegenzusetzen. Wenn es den Einbildungen der Bauersleute entspräche, möchte er sich erlauben die Empfehlung zu unterbreiten, angesichts der ungünstigen Beschaffenheit der sterblichen Überreste des Sebastian das Leichenbegängnis auf den folgenden Tag vorzuverlegen. Im Übrigen werde er auch die Messe in aller Bescheidenheit und Kürze unter Gottes freiem Himmel halten, da eine Aufbahrung des Leibholzes mit dem Sebastian herinnen in dem kleinen Kirchlein zu allerlei Ausdünstungen führe, welche nicht jedermann im vollen Ausmaße zumutbar seien. Mit dem Schusterwirt habe er sich bereits ins Vernehmen gesetzt, dieser habe für die morgige Kremess alle Besorgtheiten getroffen. Da blieb den Bauersleuten kein eigenes Ermessen mehr, wortlos stimmten sie den Unterbreitungen des Kirchenmannes zu. Erfreut ob dieser raschen Einsichtigkeit erhob sich Pfarrer Jakobus und machte Anstalten, zu gehen. Doch bevor er ernstlich entschwand, kehrte er noch einmal um. Mit gesenkter Stimme redete er. Es sei ein Segen, dass dieses liederliche Weib nun endlich von dem Hof verschwunden. Er bete jeden Tag, dass die Hure bald durch Gottes Hand ihrer gerechten Strafe zugeführt. Denn erst wenn die Hure Babylon vernichtet, kehre wieder Frieden in Nantesbuch ein. Das war es, was der Kirchenmann zu den Bauersleuten redete. Dann nahm er seinen Hut und verschwand.

•

Das Leichenbegängnis des Winkler Sebastian fand wie beratschlagt in der zweiten Hälfte des 13. Lichtentages im Christmond anno 1842 statt. Das Leibholz war bereits zur Zeit über dem dunklen Erdenloch aufgestellt worden, sodass sich zur Grablegung alle gleichsam auf dem Gottesacker einfanden. Die Messe, insofern von solcher überhaupt ein Gedanke sein kann, war schnell gehalten und aller unumgängliche Segen gesprochen. Sodann wurde die Totenkiste ohne Aufsehen in das Loch gelassen. Nie wieder ward eine arme Seele schneller unter die Erde gebracht und dem Herrgott zurückgeführt als an jenem Tage.

Sodann wartete der Schusterwirt mit der Kremess. In dem Gasthaus herinnen war es verräuchert, und die allseitige Gemütslage von Händelsüchtigkeit geprägt. Der Bierhahn tat sein Bestes. Unter den Leuten war die Schwätzerei groß. So mancher wollte nicht recht der Einbildung folgen, das Feuer sei nur ein Unglück gewesen, welches dem Baste bei seiner Verrichtung in der Stallung zugestoßen war. Die wildesten Vorstellungen wurden darüber erdacht, wie der Brand geworden sein konnte. Von einem Funkensprung, bewirkt durch das Metall der Forke auf dem steinigen Boden der Stallung, war die Rede. Von einer Selbstentflammung des Heus redeten die anderen. Doch die Bösesten redeten von einem Feuer, das durch die Hand der Antonia gelegt worden war.

All dieses Geschwätz drang auch dem Winkler Franz an das Ohr. Der erhob sich von seinem Platz und schaute mit bitterem Blick in die Runde. Es ist nun an uns, mit spitzer Feder niederzuschreiben und Zeugnis für alle Zeit darüber abzulegen, was der Bauer an jenem Tag zu den Leuten sprach.

»Der Baste war ein guter, ein fleißiger Bub. Ihr habt ihn alle gekannt und mögen. Ein guter Christenmensch ist er allezeit gewesen, treu und fest im Glauben an unseren Herrgott. Viel zu früh hat er von uns gehen müssen. In den letzten Tagen und Wochen ist vieles geschehen in unserem Dorf. Dinge, von denen wir einfachen Bauern bis daher noch nie etwas gewusst. Die Sünde ist nach Nantesbuch gekommen. Und ihr wisst genau wie ich, wer schuld an all dem ist. Es ist die Hure! Erst hat sie den Leitner Georg verführt und dann gemordet. Jetzt hat sie mir noch meinen Sohn genommen.«

Dann setzte sich der Bauer. Erst war es still in der Wirtsstuben herinnen, doch dann brach eine wilde Rederei aus den Mäulern los und ein jeder wusste seines zu dem Geschehenen beizutragen. So tausendzüngig das lästerliche Geschwätz auch war, in einer Sache bestand eine große Einigkeit. Mit der

Antonia, dieser liederlichen Hure, und ihrem gottverreckten Bankert musste etwas geschehen.

•

X   In principio erat verbum

Der Schnee versteckte die Hütte des Waldlers unter einer weißen Bedeckung. Leichte Schwaden zogen über dem Wald dahin. Aus dem Kamin züngelte ein schmaler Rauch empor und hüllte alles in einen guten Duft. Herinnen flammte ein Feuer in der offenen Brandstätte und spendete labende Wärme. Der Antonia und ihrem Göblein, dem kleinen Georg Josef, ging es gut bei dem Korbinian. Der Waldler kümmerte sich mit einer beseelten Bedacht um die beiden so, dass die Antonia bald eine herzliche Hingezogenheit zu dem Benz bei sich bemerkte.

Dankbar redete die Antonia: »Du bist ein guter Mensch. Du tust uns nicht verdammen. Freunde aber machst du dir damit keine auf der Welt.«

Darauf gab ihr der Korbinian zur Antwort: »Wollt ich ein Freund sein von dieser Welt, wäre ich nicht der, der ich bin.«

»Dann sag mir, wer du bist.«

»Ich bin der, der weiß, was dir geschehen.«

Da trat der Antonia Wasser in die Augen. Schmerzlich tat sie reden: »Du willst all das wissen? Nur Gott allein weiß, was mir in meinem Leben widerfahren ist.«

»Vertrau mir«, sprach der Benz und nahm die Antonia kräftig an den Schultern. »Kein Habereder, Naaz und Gollas soll deinen Weg mehr kreuzen.«

Erschrocken tat die Antonia einen Schritt zurück. »Woher weißt du das?«

»Nichts was dir jemals geschehen, blieb meinem Ohr verborgen.«

Da sann die Antonia nach. »Die Bäuerin! Sie hat es dir gesagt. Bei ihr hab ich davon geredet.«

»Hast du je davon geredet, dass du den Naaz erschlagen? Mit einem kalten Stein der Mauer! Dass du ihn liegen lassen hast im eignen kalten Blut?«

Jetzt war der Schrecken groß bei der Antonia. »Oh mein Gott! Du weißt auch das? Nie sprach ich je ein Wort davon zu keiner Menschenseele!«

»Ich sagte doch, nichts blieb vor meinem Ohr verborgen.«

Da zitterte die Antonia vor dem Korbinian und begann zu stammeln: »Das heißt … du weißt … auch … wer …«

»Ja!«, sprach der Korbinian fest und nahm die Antonia ganz sanft in seine Arme. »Ich weiß auch das! Und bald schon soll die Welt es wissen!«

•

Ein warmer Alpenwind brach in der Nacht des vierten Adventus Domini über Nantesbuch herein. Dichter Brodem lag über dem Weiler so, dass kein Auge einen Blick ins Tölzische fand. Auch in dem Kirchlein ging den Menschen der Atem schwer und ein Husten und Schnäuzen war überall in den Reihen zu hören. Wohin man auch schaute, ein einziges Putzen Wischen und Saubermachen. Selbst den Herrn Pfarrer hatte die Influenza nicht verschont. Aber keine noch so nachteilige Kränklichkeit sollte den eifrigen Kirchenmann in jener Nacht daran hindern, eine Homilie der Mahnung und des Aufrufs zu lehren. Gebannt starrten alle zur Kanzel herauf.

»Und es kam einer von den sieben Engeln, die die sieben Schalen hatten, redete mit mir und sprach: Komm, ich will dir zeigen das Gericht über die große Hure, die an vielen Wassern sitzt, mit der die Könige auf Erden Hurerei getrieben haben; und die auf Erden wohnen, sind betrunken geworden von dem Wein ihrer Hurerei. Und er brachte mich im Geist in die Wüste. Und ich sah eine Frau auf einem scharlachroten Tier sitzen, das war voll lästerlicher Namen und hatte sieben Häupter und zehn Hörner. Und die Frau war bekleidet mit Purpur und Scharlach und geschmückt mit Gold und Edelsteinen und Perlen und hatte einen goldenen Becher in der

Hand, voll von Gräuel und Unreinheit ihrer Hurerei, und auf ihrer Stirn war geschrieben ein Name, ein Geheimnis: Das große Babylon, die Mutter der Hurerei und aller Gräuel auf Erden. Und ich sah die Frau, betrunken von dem Blut der Heiligen und von dem Blut der Zeugen Jesu. Und ich wunderte mich sehr, als ich sie sah.«

Dann hielt Pfarrer Jakobus inne. Stille war in dem Kirchlein. Selbst das Husten und Schnäuzen hatte ein Ende. Dann fuhr er fort: »Die Hure. Die Mutter aller Gräuel auf Erden. Wir dürfen die Hure nicht unter uns dulden. Wir müssen sie jagen, schlagen, vertreiben. *Und ich sah die Frau, betrunken von dem Blut der Heiligen und von dem Blut der Zeugen Jesu.* Der Leitner Georg. Tot! Der Winkler Sebastian. Tot! Das Blut zweier Zeugen Jesu hat die Hure bereits getrunken. Wer von euch wird der Nächste sein?« Wieder war Stille. »Dort …«, er zeigte mit der Rechten auf den Korbinian Benz, »dort unter euch sitzt einer, welcher der Hure Unterschlupf und Schutz gewährt. Dort ist einer unter euch, der mit ihr Hurerei begeht. Wollt ihr das dulden? Wollt ihr, dass der Herr euch wie die Hure richten wird?« Ein Raunen ging um. Dann wurde es wieder still. Da geschah das Unfassbare. Der Waldler erhob sich aus der Bank und schritt mit sicherem Tritt durch die Reihen zu dem Altar. Gebannt von diesem bodenlosen Geschehnis folgten alle Augen dem Benz. Selbst der Pfarrer wusste nichts mehr zu reden. Dann wandte sich der Korbinian um und sprach zu den Menschen:

»Im Anfang war das Wort, und das Wort war bei Gott, und Gott war das Wort.«

Die Menschen erstarrten. Der Korbinian Benz beging den Frevel und sprach während der Homilie des Herrn Pfarrer von dem Altar herab.

»Wer seid ihr, dass ihr euch anmaßt, den Stab über euresgleichen zu brechen? Ihr denkt, das Wort verstanden zu haben? Ihr bildet euch ein, nach dem Wort zu leben? Ihr meint, Gott hätte ein Gefallen an euch? Ich sage euch, was der Vater über euch denkt. Ihr seid weder kaltes noch warmes Wasser. Es sind eure Zungen, an denen eure Seelen ersticken. Ihr tragt eure heuchlerische Frömmigkeit wie eine Monstranz vor euch her, doch euer Glaube ist faulig und schlecht. Ihr nennt es Sünde, wenn zwei unschuldige Herzen sich lieben. Und die Frucht eures Wortes ist der Tod! Ihr nennt jenes Weib eine Hure, welches durch fremde Hand verschuldet ein Kind gebären muss. Und die Frucht eures Wortes ist der Tod! Ihr nennt sie Hure und Mutter aller Gräuel. Und die Frucht eures Wortes ist der Tod! *Im Anfang war das Wort!*« Für einen ewig langen Augenblick hielt er inne. Dann sprach er laut, sodass ein jeder es hören konnte: »Franz Winkler! Was hast du dir dabei gedacht?«

Und wieder ging ein lautes Raunen durch das Kirchlein.

»Du hast schwere Schuld auf deine Seele geladen! Gedroht hast du der Antonia, dass du sie vom Hof verjagen wirst. Geschlagen hast du sie und gewarnt, dass du dafür sorgen wirst, dass sie und der Leitner Georg im ganzen Tölzischen nie wieder eine Stellung finden würden, wenn sie sich nicht willig für dich hinlegen würde. Und oft hast du in der Nacht an ihren Gaden gepocht und bist zu ihr ins Bett gestiegen, um ihre Gefügigkeit einzufordern.«

Da brach die Winklerin in eine wilde Flennerei aus. Voller Scham bedeckte sie mit beiden Händen ihr Gesicht und stürmte aus dem Kirchlein heraus. Das Schlagen der schweren Pforte hallte ihr nach.

»Sieh nur, Franz, was du angerichtet hast. Der Leitner Georg. Tot! Erschlagen mit der Axt von deinem eigen Fleisch und Blut. Denn auch das Herz deines Buben schlug für die Antonia schon für lange Zeit. Das hast auch du gewusst. Doch du hast ihn glauben lassen, der Leitner Georg habe seine Liebste geschwängert. Sieh die Frucht deines Wortes, der Tod! Als der Baste dann von der Antonia hörte, dass du der Vater des

Kindes seiest, da wollte auch er mit der Sünde nimmermehr leben. Sieh die Frucht deines Wortes, der Tod!«

Wie der Korbinian so zu dem Winkler Franz vor den Menschen redete, begann ein jeder zu verstehen, was sich in den Wochen und Monaten zuvor hatte im Weiler zugetragen. Da schauten allesamt betroffen zu Boden und wagten nichts mehr zu reden.

Da sprach der Benz ein letztes Mal: *»Im Anfang war das Wort!«*

•

In jener Nacht des vierten Adventus eilte die Winklerin aus dem Kirchlein schnurstracks in den Gaden der Antonia und riegelte sich dort herinnen ein. Dem Franz wollt die Bäuerin nimmermehr in die Augen schauen, so sehr schämte sich das Weib und fluchte ihren Mann. Zwei volle Tage saß die Traudl dort heroben und greinte auf das Schlimmste. Auch der Bauer tat in all der Zeit nicht einmal an den Gaden pochen. So kam es, dass die Bäuerin erst am Morgen des 21. Lichtentages die Kammer aufsperrte. Bedachtsam lauschte sie im Hof umher. Nichts tat sich regen. Auf leisen Sohlen schlich sie sich die Stiege hinab zur Stube hinein. Hier herinnen war alles verlassen und leer. Nichts war wie angerührt. Auch im Ofen brannte schon lange kein Feuer mehr. Nur das Pendulum der Uhr schlug lärmend hin und her. Da hockte sich die Traudl unter den Herrgottswinkel und sann darüber nach, dass nichts mehr war wie je zuvor. Noch vor Wochen war die Lebendigkeit in allen Ecken und der Arbeit gut und viel. Mit Zähren in den Augen gewahr sie ihr Leben vorüberziehen. Als der Dämmer über Nantesbuch kam, hockte das arme Weib noch immer in der Stube. Da schreckte ein Knarren im Gebälk die Bäuerin auf. War der Bauer doch zugegen? Neuerlich behorchte sie das Gehöft. Mit Besorgtheit machte sich die Winklerin daran, der Sache auf den Grund zu forschen. Doch alle Gaden standen leer. Allein der Schlafkammer wollt sich die Bäuerin ganz zum Ende erst hinwenden. Mit zittriger Hand riegelte sie dorthinein auf. Es war kein Schrecken und auch kein Grauen, welches ihr in die Glieder fuhr, als sie des Anblicks in der Kammer gewahr. Für einen Augenblick stand sie einfach nur so da. Dann schloss sie leise die Tür.

•

XI   Amnestia

Eine wahrhaftig bittere Bestimmung ist es, die wir uns da
selbst auferleget haben, doch wollen wir uns leiten lassen von
der Zuversicht, dass unsere Niederschrift jener Vorkommnisse im tölzischen Nantesbuch zur Zeit des heiligen Christenfestes Anno Domini 1842 einstmals den Menschen als Ermah-
nung und gleich auch als Erbauung dienen mag. So dürfen
wir mit Gewissheit darüber berichten, dass noch in selbiger
Nacht, als die Winklerin den Bauern totgehangen in der
Schlafkammer fand, ihr Weg sie hinaus zum Widum des Jakobus Gruber führte. Nie wieder würde eine Menschseele den
Kirchenmann so anbelangt erfahren wie die Bäuerin, da sie
die Worte vom willkürlichen Weggang des Bauern redete.
Der Gruber veranlasste nach eingehender Bedacht, dass die
Leich des Winkler-Bauern sogleich abgehangen und hinaus
zu dem Sünderacker verbracht werde. Das Leibholz des Leitner Georg solle exhumiert und noch am folgenden Tage eine
ewige Ruhestätte auf dem Nantesbucher Gottesacker finden.
Der Bäuerin indes verschwieg der Pfarrer aus fürsorglicher
Nächstenliebe, dass auch die Totenkiste mit dem Baste herinnen noch am selben Tage den geweihten Boden zu räumen
hatte. So trug es sich zu, dass zwei volle Lichtentage vor der

Heiligen Christennacht der Winkler Franz mit seinem Buben ohne ein letztes Geleit und Segen in der eisig kalten Erde vor Nantesbuch vergraben wurde. Selbst zu dem feierlichen Leichenbegängnis des sündenlosen Leitner Georg wollte nur der Wallner-Bauer mit seinem Weib erscheinen. Dem Pfarrer allein war dies alles nur aus einem Grund von wirklicher Bedeutsamkeit, galt doch nun die Ordnung auf den Äckern wiederhergestellt.

Die Winklerin hingegen suchte an jenem niedergedrückten Leichentag den Weg hinaus zum Benz. Der tat ihr wortlos öffnen und hieß sie einen Platz zu nehmen. Auch die Antonia mit ihrem Göblein kam zur Stube herbei. So saß man eine Zeit lang schweigsam nieder, ein jeder in Gedanken grübelnd. Dann begann die Traudl das Reden: »Der Franz hat sich gehangen.«

Das war der Antonia ein großer Schreck. Geängstigt schaute sie dem Benz entgegen. Der tat stumm den Kopf nur nicken, geradeso als hätte die Botschaft er schon längst vernommen.

»Antonia, ich möchte dich um Vergebung bitten für das, was dir der Franz hat angetan. Der Bub, das ist sein Kind, sein Sohn, und darum will auch ich für ihn recht sorgen. Dir und dem Buben soll es an nichts fehlen. Darum bitt ich dich von ganzem Herzen, mit dem Georg und dem Korbinian auf den

Hof zu mir zu kommen. Denn was mein ist, ist auch jetzt dein.«

Da stand die Antonia auf, trat zu der Bäuerin heran und legte ihr das Göblein zärtlich in die Arme.

•

Ein Aufgebot an Fackeln zog schweigend in der Nacht aus Nantesbuch heraus. Der Flammen Schein war weit hinein ins Tölzische zu schauen. Ehrwürdig thronte die Benediktenwand in ihrem weißen Mantel über dem weiten Tal. Die Gesichter der Männer waren hart und niemand wagte auch nur ein einzig Wort zu reden. Ein jeder wusste, was zu tun jetzt eines jeden Christen Pflicht wohl sei. Die Eisen der Äxte und Harken glänzte im kalten Schein des bald vollen Mondes. Entschlossen stapfte die Meute durch den hohen Schnee voran.

Das Göblein indes lag bereits in einem tiefen Schlummer. Der Waldler und die Antonia saßen gerade bei einer Brotzeit zusammen, als das verschreckte Weib jählings seine Rederei endete. Ein Schimmer drang aus dem Wald in den Gaden. Auch der Benz tat sich nun dem Licht hinwenden. Da brach ein Stein die Scheibe und flog zur Stube herein.

»Komm raus, du Sauhund«, lärmte eine kräftige Stimme und andere johlten hinterher. »Komm raus oder wir kommen dich und die Hure holen!«

Da wurde es der Antonia bang. »Geh nicht!«, flehte sie den Waldler an. Doch der nahm ihre Hand und redete sanft: »Allen Gewalten zum Trutze!« Dann stand er auf, wog die Tür zum Gaden und trat heraus. Dort im Finstren hieß den Benz eine Schar züngelnder Fackeln willkommen. So manche Gestalt war ihm wahrlich vertraut. Zorn und Streitsucht las er in den Gesichtern.

»Was wollt ihr?«, rief er der Meute entgegen.

»Gib die Hure, dann wollen wir dich schonen«, tönte eine Stimme hinter den Flammen hervor.

Dem gab der Waldler zuwider: »Ihr nennt die Antonia eine Hure! Wie erst nennt ihr dann den Winkler Franz?«

Da querte ein satter Klinker das Dunkel dem Korbinian an das unbehütete Haupt. Der Benz sank sogleich zu Boden. Wie er so in seinem Blute lag, war dem Korbinian, als sähe er wieder jene dunkle Gestalt bei der Menge stehen. Aus schwarzen bösen Augen griente ihm der Verderber hämisch entgegen. Zugleich kam einer der Männer heran und sohlte ihm mit Schmalz den Stiefel ins Gedärm. Der Waldler krümmte sich vor Schmerz und würgte Saures in den Firn. Blutberauschtes Johlen hallte durch die kalte Nacht bis nach Nantesbuch herüber. Sodann knüppelte ein Zweiter mit wilder Kraft auf den Korbinian hernieder. Hart trafen die Hiebe den Kopf des armen Waldlers. Dumpf dröhnte das Holz ihm in die Seele. Da sprach der Benz zu sich selbst: Das Ende ist nun nah. Wie ein Berserker drosch der Bluthund ohne Unterlass weiter und weiter auf das wehrlose Fleisch. Mit unsagbarem Weh stieß er den Korbinian Sprosse um Sprosse die Dornenstiege in das

Reich des schwarzen Schnitters hinab. Dermalen der Benz den Todespfad beschritt, drang eine besorgte Stimme tief in sein Herz. »Hört auf! Hört auf!«, vernahm er diese reden. Da war dem Benz, als lasse der Schlächter von ihm ab. Mit letzter Lebenskraft zwang er sich zurück ins Sein. Im flackernden Schein der Fackeln sah er die Winklerin bei sich stehen. Mit Eifer redete sie zu der Meute: »Was ist nur aus euch geworden? Schaut euch an! Den Korbinian wollt ihr lynchen, weil er sich schützend vor die Antonia gestellt. Das arme Ding nennt ihr Hure und wisst doch nicht, wovon ihr redet. Im rechten Glauben wähnt ihr euer Handeln. Von Gott gewollt, weil doch das Weib an allem schuld. Ich sag euch, wie es wirklich war. Gesehen hab ich den Franz viele Male, wie er sich in der Nacht in die Kammer der Antonia gestohlen. Gehört, wie er ihr drohte und dann lüstern in sie drang. All das hab ich gewusst und schwere Schuld auf mich geladen.« Da sank die Winklerin bitter weinend auf die Knie. Mit leiser Stimme sprach sie weiter: »Geschwiegen hab ich all die Zeit, nur froh, dass der Franz doch endlich von mir lasse.«

Auf einmal war es ganz still. Nur das Brennen der Feuer rauschte im Wald. Mühsam hob der Korbinian seinen geschundenen Leib und schleppte ihn schmerzhaft zu der Winklerin hin. Behütend nahm er das arme Weib in die Arme.

Da trat aus der Nacht der Leonhard hervor. Stumm stellte er sich den beiden zur Seite. Ernsten Blickes forschte er in der Menge umher. Doch der Dunkle war schon längst nicht mehr.

•

XII   Exitus

Zur vierten Stund der anbrechenden Christennacht lag der Winkler Hof still unter eisiger Decke. Myriaden funkelnder Sterne standen schweigend am Firmament. Im Weiler war Ruh. Hier und da brannte ein schummriges Licht in den Stuben. Nur das kohlige Gebälk der gebrannten Stallung ragte wie gichtsüchtige Krallen aus dem beschneeten Erdreich empor, um Zeugnis abzulegen von jenen Schreckenstagen im heiligen Adventus Domini. Da wurde in die Stille hinein die Tür zum Winklerhof aufgetan. Heraus filzte auf leisen Sohlen der Korbinian Benz, betulich darauf bedacht keinen unnötigen Laut zu wirken. Beharrlich und fest in seinem Tun schritt der Waldler von dannen, ohne den Weiler eines letzten Blickes zu würdigen. Derweil ruhten droben in den Gaden die Winklerin und die Antonia mit ihrem Göblein einen gerechten Schlummer. Noch auf die Nacht waren die vier auf den Winklerhof gekehrt. Dem Korbinian hatte die Antonia sogleich mit allerlei Kräutern und Wickeln die Wunden versorgt. Schlimm hatten die Schinder ihm zugesetzt. Alsbald war der Benz auch in eine tiefe Ruh gefallen. Doch jetzt stapfte der Waldler unbeirrt durch den tiefen Schnee voran. Auch wenn ihm der

Schädel noch immer recht schmerzte. Denn eines galt es nun noch zu tun.

•

Der Fortgang des Benz blieb der Antonia nicht lange eine Verborgenheit. Bereits zur fünften Stund schreckte das Göblein mit plärrendem Hungergeschrei die Mutter aus dem Schlummer. Als das Kindlein gesättigt, hielt die Antonia besorgt ob der vielen Blessuren Ausschau nach dem Korbinian. Doch die Kammer stand leer. Da rannte die Antonia zum Gaden der Winklerin und weckte die Bäuerin. Auch der Traudl war der stille Fortgang des Waldlers nicht geheuer. Gegenüber der Antonia redete sie gar von der Besorgnis, die vielen Schläge hätten dem Korbinian gar die Denkkraft genommen. Womöglich irre der arme Mensch ohne eine Vorstellung von dem wo und was er sei im kalten Schnee umher. Eilends zog sich die Bäuerin die Kleider über und machte sich auf, nach dem Benz zu suchen. Die Antonia indes solle sich mit Frieden dem Göblein hinwenden und für die Aussicht der unversehenen Wiederkehr des Korbinian alle Zeit im Hof zugegen sein. So kam es, dass die Antonia, dem Geheiß der Bäuerin folgend, den ganzen Lichtentag der Heiligen Christnacht damit zubrachte, am Fenster mit aufgewühlter Besorgtheit zuerst nach dem Korbinian und hernach nach der Winklerin Ausschau zu halten. Doch sosehr sich die Antonia auch mühte in der Ferne eine Gestalt durch den tiefen Schnee herannahen zu sehen, weder der Korbinian noch die Winklerin kehrten zurück. Als der Dämmer über das Tölzische brach, ängstigte sich die Antonia sehr. Wie groß war da die Freude, als zur letzten Stunde des Lichtentages die Winklerin in die Stube trat. Erschöpft und verfroren stand das arme Weib da. An keinem Ort habe sie den Korbinian ausgemacht. Überall habe sie Ausschau gehalten. In der Hütte des Waldlers habe sie zuletzt auf ihn gehofft. Als die Antonia das hörte, musste sie bitterlich weinen. Da nahm die Bäuerin sie in den Arm und redete sanft: »Vertrau auf Gott, mein Kind. Lass uns zur Vesper gehen und beten, dass uns der Herrgott den Korbinian wiederbringen mag.« Der Antonia waren das tröstliche Worte. Das Göblein wickelte sie daraufhin in eine warme Kolter und machte sich mit der Winklerin eilends auf den Weg zu dem Kirchlein hin, denn die Messe würde alsbald beginnen. Als sie St. Vinzenzius anlangten, waren die Pforten des Gotteshauses bereits zugetan. Besorgt, kein unnötiges Aufsehen zu erregen, öffnete die Winklerin das schwere Portal. Leise trat die Antonia mit dem Göblein im Arm voran, dann folgte ihr die Winklerin. Herinnen war es still. Alle warteten besinnlich auf das Anfangen der Messe zur Heiligen Christnacht. Mit aller Bedacht mischten sich die Antonia und die Bäuerin unter das Weibsvolk im hinteren Ende des Kirchenschiffes. Schweigend in ein Gebet vertieft, der Herrgott möge ihnen doch den Korbinian bringen, blieben sie bei den anderen stehen. Da ertönte das Läuten. Weihevoll zog Pfarrer Jakobus mit den Ministranten auf den weihnachtlich gezierten Altar. Ergeben verbeugten sich alle vor dem Tisch des Herrn. Gerade als der Geistliche den Weihrauch aus den Händen des Mesners nahm, durchdrang ein gellender Lärm aus dem Maul des Göblein die andächtige Stille. Voller Staunen hielt der Kirchenmann inne und wendete sich den Leuten hin. Ein Raunen durchschritt die hölzernen Reihen. Aller Augen ruhten auf der Antonia. Es war, als hätte die Zeit aufgehört zu sein. Da erhob sich der Wallner Jakob und trat für einen jeden sichtbar zu der Antonia heran. Schützend nahm er das Weib mit ihrem Göblein in den Arm und führte sie zu seinem Platz. Mit einer schweigsamen Aufgewühltheit folgten die Nantesbucher dem Geschehen. Der Wallner Jakob tat das Unerlaubte. Er hieß die Antonia sich in der Kirchenbank setzen. Dem armen Weib wurde es bang, zumal sie doch um die ungeheuerliche Vermessenheit wusste, dass es einem jeglichen Frauenzimmer im Weiler nicht gestattet war, sich im Haus des Herrn herniederzulassen. Jener Umstand verkam indes aber ob der Ungetauftheit ihres Göbleins zu einer wahrhaftigen Nebensächlichkeit. So schaute die Antonia den Pfarrer furchtsam an. Erwartungsvoll angesichts seiner Entgegnung verharrten die Menschen in einer erregten Starre. Wieder war alles still. Kein einziges Räuspern war zu hören. Da erhob Pfarrer Jakobus den Arm. Mit einer Geste hieß er die Antonia sich setzen. Als die Winklerin dieses Anblickes gewahr, da wusste sie, dass alles nun gut werden würde. Mit Tränen in den Augen dankte sie dem Herrn in der Höhe und ein jeder in dem Kirchlein tat es ihr nach.

•

Wir wollen unserem Leser nicht verschweigen, wie sehr uns die Geschehnisse in jener Weihnacht in der Seele rühren. Aus eben diesem Grunde werden wir uns redlich mühen, jene Worte zu beschreiben, welche Pfarrer Jakobus Gruber für die Homilie gegeben zur Heiligen Christennacht anno 1842 wählte, um den Menschen in Nantesbuch in die Herzen zu reden. Hören wir, was der Gottesmann zu sagen hatte.

»In jener Nacht wurde das Wort zu Fleisch. Gott wurde Mensch! Jesus der von Gott gesandte Erlöser. Er ist der Christus. Der Messias. Mit der Geburt des Nazareners erneuert Gott den von ihm eingesetzten Bund mit uns Menschen. Mit Jesus tritt ein neuer Bund, ein neues Testament, ein neues Gesetz in Kraft. *Und alsbald war da bei dem Engel die Menge der himmlischen Heerscharen, die lobten Gott und sprachen: Ehre sei Gott in der Höhe und Friede auf Erden bei den Menschen seines Wohlgefallens. Und da die Engel von ihnen gen Himmel fuhren, sprachen die Hirten untereinander: Lasst uns nun gehen gen Bethlehem und die Geschichte sehen, die da geschehen ist, die uns der Herr kundgetan hat. Und sie kamen eilend und fanden beide, Maria und Joseph, dazu das Kind in der Krippe liegen. Da sie es aber gesehen hatten, breiteten sie das Wort aus, welches zu ihnen von diesem Kinde gesagt war. Und alle, vor die es kam, wunderten sich der*

Rede, die ihnen die Hirten gesagt hatten. Maria aber behielt alle diese Worte und bewegte sie in ihrem Herzen. Und die Hirten kehrten wieder um, priesen und lobten Gott um alles, was sie gehört und gesehen hatten, wie denn zu ihnen gesagt war. Lasst uns den Hirten gleich hinausgehen in die Welt und Gottes frohe Botschaft unter den Menschen verbreiten.« Das war es, was der Pfarrer zu den Menschen redete, und ein jeder wusste, was er damit bedeutete.

Als das Hochamt geendet, drangen die Menschen hinaus in die bitterkalte Nacht, nicht jedoch ohne zuvor der Antonia und dem Göblein eine gesegnete Weihnacht erbeten zu haben. Doch entgegen all der ungewohnten Gefälligkeit war der Antonia Denken nur bei dem Korbinian. Da war die Magd recht froh, als die Winklerin bei ihr erschien und sie bei dem Arm aus dem Kirchlein weg von den Menschen führte. Strammen Schrittes eilten die beiden Weibsleute voran, allein in der Hoffnung, den Benz bald anzutreffen. Wie groß war da die Bekümmernis, als sie den Hof unter eisiger Decke dunkel fanden. Der Waldler war noch immer fort. Gedrückt und voller Gram traten sie ein. Schweigsam legten sie ihre schweren Umhänge ab. Das Göblein indes schlief all die Zeit einen festen Schlummer. Da wog die Winklerin die Tür zum Gaden und schrak zurück. Die Kammer schien in einem warmen

Schimmer. Aus der Mitte der Stube strahlte mit Kerzenschein ein wunderschöner Weihnachtsbaum. Feuer knisterte im Ofen. Unter dem Herrgottswinkel wartet eine deftige Brotzeit. Erfüllt von Wunder, betraten die Frauenzimmer den wohligen Gaden. Da kam hinter dem Tannenbaum der Korbinian hervor. »Frohe Weihnacht«, sprach der Benz und breitete die Arme zum Gruße aus. Da gab die Antonia der Winklerin das Kindlein zum Tragen und eilte voller Freude zu dem Korbinian hin. Nimmer im Leben herzte sie einen Menschen so sehr wie den Waldler in jener wundersamen Heiligen Nacht.

•

So enden wir denn nun unsere Niederschrift, auch wenn uns der Abschied von Herzen schmerzlich zu scheinen vermag. Unserem Leser indes wollen wir mitnichten verschweigen, welches Fortkommen es mit der Antonia und dem Korbinian hatte. Die Winklerin neuerte wie einstmals in der Hütte des Waldlers geredet den beiden auf alle Zeit mit ihrem Göblein auf dem Hof zu bleiben. Dem Korbinian und der Antonia war dies allemal ein rechtes Anerbieten, zumal es dem Kindlein eine Heimstadt zu sichern galt. So kam es denn auch, dass der Waldler die Antonia recht bald traute und ihr ein liebender Mann und sorgender Vater zur Seite auf Lebzeit wurde. Die Winklerin indes war dem Göblein eine wohlmeinende Ahne. Demnach trug es sich zu, dass der Winkler-Hof fortan in Nantesbuch der Benz-Hof genannt. Was den Moosleitner Leonhard anlangt, war der Korbinian seiner seit jenem Vorabend zur Heiligen Christennacht nimmermehr ansichtig geworden. Auch als der Benz später im Weiler von dem Hartl redete, wussten selbst die Alten nicht, von wem der Waldler da so aufrichtig sprach.

Zum Ausgang unserer Abfassung drängt es uns denn auch zu offenbaren, welch unermüdlicher Schreiber sich hinter kundiger Feder versteckt. Mancher Leser mag sich klug gefragt, wie all das Wissen längst vergangener Tage so gründlich zur

Niederschrift langte. Als gedankenreiche Erdichtung mag gar der eine oder andere unsere Aufzeichnung verstanden haben. Einer jeden zweiflerischen Seele sei hiermit vor Gott von mir versichert, dass ich, der Georg Josef Benz, aus erster Hand berichtet.

•

NANNERL

Eine bayerische Weihnachtsgeschichte
von Mario Buchner

Maria Annalena Donhauser erblickt am Heiligen Abend des
Jahres 1867 unter unerklärlichen Umständen das Licht der
Welt. So rätselhaft, gar dunkel die Umstände der Geburt auch
gewesen sein mögen, so geheimnisvoll, wenn nicht gar uner-
gründlich ist das Nannerl den Menschen Zeit seines Lebens
geblieben.

Broschiert: 56 Seiten

Verlag: Books on Demand

Auflage: 1 (10. September 2012)

ISBN-13: 978-3848221691

 Preis: 4,95 €

WIE DER PLÖTTNER SEPP ZUM HERRGOTT FAND

Eine Weihnachtsgeschichte
von Mario Buchner

Die Jachenau zur Adventszeit anno 1806. Unverhofft wird dem Bauernbub Seppi Plöttner ein besonderes Geschenk zuteil. Doch das Glück währt nicht lange und ein Drama nimmt seinen Lauf, welches sein ganzes Leben verändern wird.

Gebundene Ausgabe: 40 Seiten

Verlag: Books on Demand

Auflage: 1 (21. Oktober 2011)

ISBN-13: 978-3842368279

Preis: 15,90 €

www.mariobuchner.de

email: info@mariobuchner.de